岩田記末子歌集

SUNAGOYA SHOBŌ

現代短歌文庫

砂子屋書房

岩田記未子歌集☆目次

解説

岩田記末子歌集

自撰歌集

『雪の炎』（抄）（第一歌集・一九六九年刊）

海のある風景

病みし過去を見送らむとする冬の朝落葉せし樹が空を指しをり

蕾ひとつ耐へ来し季（とき）の長かりしくれなゐ抱きて明日開くバラ

やはらかな眼をして牝鹿坐りをり童話（メルヘン）ひとつ夕光（ゆふかげ）に浮き

善意のみ吾を占めゐるときにして鳶はすがしき弧を描きゆく

渇きつつなだるる傾斜　砂丘（すなをか）のはてに静止する秋の海の藍

内底の不信はいはず殻締めて波引けば砂に沈みゆく貝

受話機よりトロイメライが流れ来る朝　感情は統一されぬ

春の訣れ

不信の心ふとる夜深（よふけ）をかはきつつ鶏頭の花の黒きかたまり

麻酔めく睡りのきはにふいに顕つ君は見知らぬ人となりゐる

車のヘッドライトすれすれに止まれどもう一人のわれ刹那轢死す

散りぎはの白木蓮の樹まばゆきまで失意の視野を埋めてくるるか

胸にしづむ疼みはとめどなかりけり泡走るソーダー水一息に飲む

粘りつよき蜂蜜を器（うつは）に移しゐて消しがたし形なさぬ愛語も

吾のなかの女臭さがいやでたまらずきしきしと葱のぬめりを洗ふ

街燈が歩道に置きゐる光の輪ふめば備へなき吾が浮かび来

逆　光

哀しみに溺れむとせしたまゆらを透して清（すが）し夜の稲妻

突きささるごとき驟雨にビニールの傘はひとりをかくまひきれぬ

白きバラ造花めきつつ視野に冷ゆ哀しみが凝固してゆくときを

雑沓に押し流されてゆく時も頭上に青き空透りたり

結氷季

握りしめし掌の中にある憤り解かむとすれど指はひらけず

虚　空

相克の象にからむ冬枝を容れむとし音なくひろがる虚空

幾年月われを支へ来し憎しみなり消さむとすれば力萎えゆく

あふれ咲く弔花のかげより肖像の視線笑みゐてこだはりもなき

きみの忌にメロンの果肉すくひゐるスプンの光はなやかならず

刺すごとき寒の水注ぎて米洗ふ　君在(あ)らぬ世をなほも生きつぐ

雪の野が無尽に放つ光の矢に立ちすくみつつ心澄みゆく

雪を喚ぶ風

風が掬ひし雪ひかりつつ舞ひあがる断片となりて閃く過去も

胸底から喚ばふものなしたけりたつ吹雪の中に杭のごと佇つ

牡丹雪とむらひ花に似て白し傘にうけつつ故なく急ぐ

あらあらと風が攫ひし雪けむり白き炎となりて地を這ふ

夜気冷ゆる闇にさらせたるたなごころわが
睡るとき意志を失ふ

白きとげ吐くごとけはし粉吹雪に巻きこま
れ意地強く耐ふるもの

冬の稲妻

あからさまに棘構へゐる青く固きからたち
の木に冬の季（とき）来ぬ

明日支ふる象して杉の静けさよ冬稲妻のひ
らめきのなか

光りつつ降り来る雪を流れ鈍き溝の汚水が
やすやすと吸ふ

目閉づれば雫する雪の音やさし失意久しき
肩叩くごと

まつはりて肌理（きめ）こまやかな霧うごく夕べ木
立の内がは昏し

光

朝のしづく冠りて開花せる睡蓮いま少女期
の靄を脱け出づ

風の中へ奔り出したき焦燥に駆られつつあ
やふき命みまもる

底冷えの夜となりつつ病廊に並びゐるドア
の把手光りをり

光撒きて噴水（ふきあげ）の水かぎりなしこころ充つれ
ば黙してゐたり

○

○

やはらかき白桃の肉（み）に歯をたてるわれらの
未来かたちとならず

星のゆくへ

蒼く沈む暮景の中にみづからがひそかに光
る山の湖

貧血性の静脈の上に〈時〉きざむ腕時計の
針遅れてばかり

青き炎(ほ)を吐きつつ疾(はし)りゆきし星　十一月の
夜空ひき緊む

冬に対く影

雪と風が創りはじめる冬の景　絶えなむと
するもろもろの影

吠えながら白き野面(のづら)を駈けてゆく雪煙とど
まるところを知らす

窓の灯のとどかぬ闇に吸はれゆく雪たまゆ
らの閃き清し

雪あかりする輪郭に充ちてくるうちなる声
に糺されて立つ

雪はらとなりしグラウンド漠(きよ)くみゆ並びし
杭ら位置守りて寂(せき)

結実なき庭

咳一つなき静寂に下りてくる緞帳　宇野重吉の眼かがやきゐたり

なぐさみに餌を投げしものを見上げゐる猿の眼すなほなればたじろぐ

浴室の鏡にうつる貧しげな胸　打算などとても育たぬ

ひび切れし手にクリームをすりてゐる誰とも喋らず終へし日のはて

スモッグの街

ふるさとに忘れ来し思慕ビルの上にアドバルーンのごと大き月浮く

暗鬱なニュースを放つ電光板　群衆はおのれの歩みくづさぬ

かぶさり来る車輛の音にひしがれつつガード下ゆく独りひとりが

地の下に埋めらるべく巨大なる鉄管にぶく横たはりをり

電気オルガンの軽音楽の下をくぐる囁き夜の茶房を満たす

工事なかばの高速道路切り断たれそこより淵となる夜の街

女ひとり

講堂の広きしじまに消え残る灯ひとりの孤をとらへゐる

布を切る夜の灯を集めつつ裁断ばさみの照りするどかり

執拗に叱りて心みだれをりをんな教師の業負ふかわれも

立体裁断すすみゆくとき血の通はぬ人台なれども胸つやめける

わが内にひびかふ音ぞ今日終る区切りとしてロッカーの鍵

新しき決意とげゆくすがしさよ布ざくざくと裁ちてゐるとき

『冬の梢』（抄）（第二歌集・一九七八年刊）

野の花

森かげの一樹ひそかに花を撒く落魄の声うちに沈めて

草の秀（ほ）にするどき刃先ひらめかす風ありてふかきいのちに触るる

透明なこころとなりて森をゆく孤りなればひとりの充足がある

雪道をころびしときも立ち直る独りの意地をたれに羞ぢらふ

街路樹

ふくよかな明日はなけれど掌（て）の上に水蜜桃の重さたのしむ

氷菓子のやうな夕月かかげゐる空　熟さざる恋ひとつ過ぐ

明日に対く心しきりにはやりつつ視野の限りを走る夕雲

さみしさをあらはにみせてゐるだらうわたくしの背(せな)をみないで欲しい

日に一度ひらく頬紅のコンパクトわが血の色を補ひくるる

言葉探すいらだちにありコップなる氷片かすかにふれ合ひて鳴る

にぶく沈む冬の街なか高層ビル成らむとしつつ鉄が火を噴く

わけもなく寂しき夕べくろぐろとまた高くなりてビルの骨組

煤煙をかむりて赤き陽が落ちぬ立ち去らむ今日の都の屋根に

ひとり旅

霧に滲む遠きあかりのおぼおぼとさだめなき旅のこころをゆする

ただよひて流離はてなき白砂の渦に動かぬ
冬石ひとつ

滝

ほとばしる滝のしぶきは鮮しきさけびとな
りて岩を敲（たた）けり

もみぢする崖の岩肌舐むるがに滑りゆく滝
の白き一条

ゆく先の未知なればなほ惹かるるや冬枯れ
の山の細きけもの路

なまなまと焔の色ぞ昏れがたの雪を享けゐ
るけだものの舌

湖（うみ）昏るる

みどり深き湖の底ひは知らねども風の行方
に移る漣

森

梢(うれ)高く明るき叫びあぐる鳥　孤りのこころ
清(さや)に裂きゆく

雨もやのなか照りかげる枝々のさしまじは
りて深き沈黙

すき透る谷川の水掬ふとき禱(いの)りとなりし瀬
の音(と)たかまる

いま歩む一人が去れば声呑みしさまに凍ら
む峡のゆふぐれ

みどりの壺

瞼射る夜の稲妻に耐へてをり苦しみは頒(わか)つ
ものにあらねば

天を衝く大樹の幹にやはらかき翳りとなり
てひと日降る雪

吹雪あらぶ野にゐてすくと立つ一樹　耐ふ
るもつとも清しき象(かたち)

寒の水うちふかく容れし静けさに濃みどり
の壺にぶき照りもつ

夏蝶

夕闇に溶けゆく緑　梢より蜩(ひぐらし)の声まつすぐ降(くだ)る

ひたひたと夜をしづめゐる池の底に朱の尾をさめて魚ねむれかし

息をのむひまに流れし螢ひとつ闇が包める草むらに消ゆ

終幕(フィナーレ)の群舞のさまに立つ樹々に肌理(きめ)細やかな雨のふりゐる

茜雲

月に白き川面を渡る鳥の声とわれのおもひと一瞬澄めり

裂傷にふかく沁みゐるさみしさを焙らむとストーブの火をかきたつる

韻きさへもたずに久しうつうつと油紋浮かべて暮れゆく河口

川

よごれつつ雨を集むる川くらし夕闇の底にたぎつ瀬の音

きらきらと走る流れを浮き沈み芥さへ輝きてゆく春の川

川底にひそむ心かひかり澄む石は早瀬のたぎつただなか

なか空の欠けし月影うつしつつ川は孤高の声ひびかする

地の声

砂ふふむ紅(くれなゐ)の貝に耳あらば遠きいくさもかなしみ聴かむ

振りむかぬ背(せな)見送ればくらぐらと森影は呑む赤き落日

祈りこめて夕べ笹舟を放しやる　野をゆく水のいそぎやまぬも

夕映に鉾杉の秀(ほ)のかげ昏し戦(いくさ)も末に征きて還らず

風の向きにときをり靡く野火の朱(あけ)　地に還
りゐむひとりをおもふ

懺悔にはあらねど澱む胸に来て鎖に吊りし
カメオ蒼ざむ

異国(とつくに)

右翼より朝陽の朱(あけ)が沁みて来ぬ迫る雲より
湧く光なり

はすかひに窓になだるる異国(とつくに)の街の緑は霧
にうるめり

ぬれぬれと艶めく芝に顕つ妖気ロンドン塔
の砦はくらし

ゴシックの塔の尖端が触れてゐるパリの冬
空底まで青し

石だたみの坂は急がず登りゆかむ漂ふひと
りの心惹く街

遺跡の石渇きあくまで碧き空あわに似し雲
かぎりなく湧く

遠世の街

天と地をたしかに繋ぐ象(かたち)して神殿あとの白き柱列

相抱きとだえしもあらむわらわらと噴火の時の音なく還る

とぎれつつ囁くは冷えし風にして廃墟にふかき沈黙続く

ベスビオの山は限りなき刻をもち吾は現実(うつつ)の翳をひきゐる

青き毬

紫陽花の青は寂しとおもひしが群なせば光となり声となる

くらき道いづちに続くひえびえと白あぢさゐは喪に添ふる花

あぢさゐの毬の紫かさなりて悲(ひ)のまぼろしを呼びやまぬなり

対の蝶翅うち合へる草むらに透明な秋の光うつろふ

散り敷きし朽葉を踏めば地にもどるものの湿りし声かそかなり

竹林

竹むらの深き奥処(おくか)をさし透す光(かげ)あり冴えざえと立つ冬の青

幽明の光ならむや冬竹の直きすがたを片照らしをり

風と共に雨通りゆくたまゆらを撓ひつつ光る竹の一群

空にあげし黄なる狼火(のろし)に時絶えてつくりものめく銀杏の大樹

疑はずかぼそき花をもたげゐる黄蓮は二月の雪を分けつつ

かかはりなき家の扉を洩るる灯(ひ)よゆき暮れし夕べのこころに滲む

傷なめて生くるけだもののさみしさを誰にも告げず生きつぎて来し

星くづ

やはらかく雫する森　春を待つものらの眠りまもらるるとき

まだ明けぬ森の奥よりひとすぢに流るる水の声は澄みたり

馬酔木の花垂るる下なる仄あかり鹿の肢体のしなやかに顕つ

陽をきざみふるへてゐるるは心音の煌きならむさゆらぐポプラ

野わけ

ま夜中の鏡のなかの卑小なる貌ひとつ見慣れぬおもひに見詰む

流れつつ走りやまざる刻の刃に削がるるこころいかになすべき

川床の位置保ちつつ光る石　須臾とどまらぬ流れのなかに

未踏の雪

空を掻き地を掻き風の爪するどし執するこころいま紲されむ

冬を病む一樹のこころ細りつつ虚空に黒き瘤凝らしをり

茫々と雪降りけぶるせめぎ合ふ生きの声々包まむとして

業を負ふ一人ぞわれも乱れとぶ吹雪に纏(ま)かれしばし眩めり

寒月のあをき炎が触るるゆゑ竹むらは雪をこぼしつづくる

きらやかに牡丹雪ふる杜の奥に羽寄せ合ひて鳥らの眠り

飢ゑて久しわれのあくがれ頂に未踏の雪の輝きがあり

風紋の残れる広き雪原に灼けたる自我をひそかに置かむ

陶（たう）きよし

静謐の夜の一角を占めながら意志ひそめゐる陶のかがやき

ひたすらに透るばかりと思ひしに水は白磁の翳をうつしぬ

白磁にも白磁の翳りあるならむ水を満たさば水澄む底に

蒼空の淵にわけ入る冬の一樹しんと立ち野の光のごとし

寒の水鳥

雪はらが抱ける寒の池きよし鴨ら来りて棲まふ幾月

雪がふちどる池は蒼空をしづめゐて万を数ふる水鳥の舎（やど）

人を容れざる聖域となし鴨池の鴨にきさらぎの雪ふりしきる

唐突に池をとびたつ鴨のむれ宙（そら）に弾ける花火のごとし

泛かびつつ剝製のごと眠る鴨にひとしきり
降り散らふ粉雪（こなゆき）

夕光をかき乱しつつ争へる水鳥の群いたく
明るし

みづからが光となりて昏れ残る白鷺一羽み
づ辺に顕てり

撓むほど頸反らせゐる白鷺の孤へ眩暈（げんうん）に似
たる夕映

眉月の明り仄かに漂へる水波を蹴り鴨らと
び翔つ

餌を求めてとびたちしのち池の上の夜空を
搏つは北を指す星

薄氷（うすらひ）の光は顫ふ寒月に触れて応ふる池の底
のこゑ

冬の梢

ひとしきり木枯しは過ぐ　垂雲を断（き）りて夕
虹のかかぐる灯（あかり）

眼を閉ぢて思惟まどかなる野仏にあはあはとけふの夕茜来ぬ

ほほけたる穂芒のむれに風はしり祖母の語りし女狐の顕つ

炎(ほ)をあげてシクラメン咲きさかるとき玻璃をへだてて雪とめどなし

空の闇ほそく割(さ)きたる三日月の光に冬のこころ研ぐべし

海鳴り

海よりの風は粉雪を吹き散らす籬(まがき)めぐらす過疎の部落に

海に対く山の傾斜に段(きだ)をなす田へくらぐらと雪ふりつのる

狭き田を守り来し祖(おや)のかなしみを継ぐゆゑ遺恨海へなだるる

北風に頬削られて立つうから雪降る磯に祖(おや)の影曳く

大太鼓の乱打に敵をしりぞけし伝説の磯に
波の花翔ぶ

はうふつと波の花あふれ幽明の波間に祖の
声がきこえる

冷えまさる波にゆれつつ岩にすがる藻の暗
緑は寒を生きつぐ

水底のいづべならむや響(とよ)みやまぬ海鳴りそ
れのたぎつみなもと

波の秀(ほ)の起ちて崩るるたまゆらを吸はれむ
として心は撓(しな)ふ

雪まんだら

きりきりと風が攫ひし雪微塵ひとむら白き
炎(ほ)となりてゆく

阿修羅狂ふ吹雪の道をひたかける犬ありわ
れを抜けいでし犬

支へきれず雪に折れたる木の枝の逆立つ影
へ寒の月照る

新雪を誰(た)が踏みゆきし足あとの窪み続きて
私語もつごとし

『白の宴』（抄）（第三歌集・一九八一年刊）

冬の序章

滅びゆくものの声ごゑあふれしめ枯野につかの間炎ゆる夕焼

雪をまつ野の枯草は夕映にけものの肌毛そばだつごとし

澄み透り流るるものを掬はむと冬のせせらぎに手をさしのべぬ

水に映る物象のかげきりきりと冬川波に揉まれてをりぬ

海の墓に似たるさぶしさ荒波にもまれつつ崩えし古き突堤

海猫の啼きかはす北の海にむく河口をつきて寒の夕しほ

白の宴

枯草のなかに墜ちゐし鳥のむくろ崩（く）えつつもなほ翔ぶかたちせり

雪は清き葬りの花　枯草のなかに果てたる鳥のむくろに

枯草にしづめる鳥のなきがらへ白き散華の雪降りくだる

藪かげにひとつ咲きゐる紅（くれなゐ）の椿にゆふべの光とどかず

夜半こごる地に眠られぬたましひの白き宴か雪みだれ降る

風花

祖母の背に呟くごとき童唄ききし夕べの落日の煌（くわう）

若き祖父老いし祖母をさな弟よあかき迎火に魂（たま）つどひけむ

祖母のをみな母のをみなの血を継ぎて独りのわれにきめ粗き風

人の子を生むこともなき悔しみを射るや流星するどくよぎる

しらぎぬ

白絹の息きくごとし光鋭(と)き裁断鋏ふるる刹那は

窓の闇にはめこまれたる星遠し白はなやかな衣縫ふわれに

太き風はしる夜ふけを仮縫の花嫁衣裳のきぬずれをきく

みづからが徐々に未来を染めてゆく白絹を曳きをみな華やぐ

殉教のすがたとなりて枯草は実をささげつつ雪にまみれぬ

淡きおもひふとよぎりつつ椀の中にためらひうかぶ柚のひとひら

遠花火

きはやかに花火ひらきて暗やみに慣れし瞳
孔を裂くいたみあり

一閃はしる火は花がたに広がりて墨色の空
ふくらみをもつ

火の花のきはまれるときいち早く押寄する
やみ　冷えしるき闇

蠟の焔

普陀落へ発たむまぼろし海と空わけがたく
沖をとざす夕雲

いのちもろく逝きたまひたり紅梅の紅に染
みつつ雪しとど降る

澄み透るたましひはやも天がける師のなき
がらの寂けかりけり

幽界（かくりよ）の師の声とほし風光る闇にさらせる耳
朶こごえつつ

蠟の焔（ほ）の消えたる闇にゆきまどふこころ導くごとき梅の香

ゆふぐれに光る沼あり亡き人のいますとこよをさしのぞく玻璃

夭折のたましひ風にのるらしき竹むらをひとしきりゆさぶる光

光背は炎ゆる緑の一樹にて名もなき人の彫りし石仏

竹秋

森のあを零して鳥のひとつこゑ流離のこころ貫きゆけり

削がれたる崖をひそかに彩りて風に流るる藤のむらさき

ねぢつつも天に向きゆく紅（くれなゐ）を文字摺の花と人は伝ふる

竹もみぢ懺悔のごとく降りやまぬ藪の斜面を縫ふ夕あかり

落日

心臓のごとき夕雲のふくらみを飛礫に打たば血の垂るるべし

わらべ子の頭ほどなる満月が窓枠の空の大方を占む

深く切れし石の亀裂をおほふべく夜をひそやかに降（くだ）る月光

風のなぐ夜をさびしむ干し忘れし衣は降旗のごとくに垂るる

○○

左右より山の緑がなだり来てくさび形なる海光りをり

半生の埃払ふや吹きつのる娑婆捨峠の潮ふくむ風

若からず老いてもをらぬわれの負（ふ）を吹きさらす風むしろすがしき

研ぎすます劒のごとくに冴えながら滝は深山の青をくぐれり

岩にすがりて登りゆくとき覆ひくる霧のた
だなか全き独り

凛として岩角に立つ雷鳥の親のめぐりに雛
鳥あそぶ

くらき闇もつ隧道の入口にひしめき合へる
夏草の青

風しづめ唄

盆踊りたぎつ囃の底をつたひ清水のごとく
ゆく魂（たま）のむれ

灯を恋ふるも避くるもひとつこころにて笠
の紅紐きりりと結ぶ

亡き人の影をかさねて踊りゆく列の流れに
添ふおわら節

たえだえに闇に吸はれてゆく胡弓　風鎮め
うた魂（たま）しづめうた

夜のやみに朝靄がまざり来るときをとぎれ
むとする八尾（やつお）盆唄

街空

不吉なる報せならずや夜半を響（な）る電話機い
きものめきて光れる

ものの影みな呑みくだす闇といふふしぎの
なかのわれのやすらぎ

ゆるびたる心のねぢの軋むかと起ちざまに
ふと骨の鳴りたり

物の位置わづかにずれてゆくやうな静謐の
やみに縛られをれば

○○

突風が根雪を蹴りて駆くるとき忽然と胸の
燠に火がつく

春の疾風

箸で拾ふ頭蓋のかけら清しければありし老
師の思索を憶ふ

逝きし人のみたまのゆくへ指すやうに弥生
の水のさゆらぎにけり

人の死に励まされゐるわれかとも雪解け水
のきほひゆく音

きりきりと過剰なるもの攫ひゆけ春の巷を
渦なす疾風(はやち)

風はしるゆくへに花枝(はなえ)波うちて庭の翳りを
解く雪柳

花ふぶきたとへばこころ翔ぶごとき青春の
関の声にこそ降れ

牡丹花

牡丹の香にあへぐ胸ぬちみたしゆき廻廊な
がし長谷寺の昼

世の悪に怒り露はなり炎負ふ不動明王のたけき筋骨

風にもえて若葉のふともなまめかし鋳朱の塔の肩に触れつつ

こころの闇ふみわけてゆく奥の院しやくなげ浄く花明りする

蹠に力をこめて立つみ仏　幾世の惨は告げたまはねど

鸚哥

餌つけするわれを知りゐて顔寄する鸚哥（いんこ）の息のほのあたたかき

人の言葉まねする小鳥と春まてり淡雪ひかる窓に寄りつつ

つかの間の幸せ頒つごとくしてビスケット食べゐる人と小鳥と

尾根吹く風

突風にはじき飛ばさるるを踏み耐へてうつし身かろく尾根に吹かるる

風の秀に葉を裂かれつつゆれやまぬ笹の根ふかく地をつかみゐる

天と地のあはひに揺れてひとり立つひたに雲とぶ風の笹はら

ときの間をうつろふ狭霧　百草(ももくさ)の末にも露のしづく置きゆく

逝く刻の

逝く刻の音聴くやうに落日の朱(あけ)を浴びつつ鳥しづかなり

無彩色のけものの視野に触れしとき余剰おとせしわれが映らむ

虫送り火

空(くう)つかむ双手(もろて)ならずやダムの水に沈み残りし白き樹の梢(うれ)

ダムの水にわづか残りし枝先を光となりて木霊(もくれい)つたふ

固き甲羅かつぎておのれにぶく置き亀は古りたる池より出でず

雉　子

頸あげて翔つ直前を雉子しづけし生きゐる羽の彩にほひたつ

雉子のゆくへ木立の闇に失ひてわれに残れる切れぎれの虹

身ひとつのかろさといはむ肩にのる馬追ひ虫とのせゐるわれと

雪神鳴り

柔毛（にこげ）よぢるごとくに走る風のみち枯草原の底をのぞかす

枝の先みな天を向き尖りをり冬に耐へなむ身の構へにて

裏切られてゆれゐるこころ冷（さま）すべし冬となる野をわたりゆく水

ふいに来し雪神鳴りの轟きはひとつ決意の芯となりゆく

天くらく吹きしまく雪くぐるときをみなひとりの我（が）は太りゆく

童　唄

夕さりて遠景となる岸の灯を結ぶ雪橋ひた一文字

山の洞（ほら）に棲みゐて子らと遊びける痴呆（うつけ）の記憶いまもすがしき

ヒトノココロケンケンケモノとうたひたる
童唄むねの片がはにもつ

雪闇

大雪の山のがれ来し山鳩の飢餓にたはむる
るごとく散る雪

茶褐色の羽そばだつるいのちひとつ餌をあ
さりつつ雪にさまよふ

横ざまにはしる吹雪よ飢にふるふ野鳥いづ
べに羽をやすらふ

天空より弔花こぼるる　生きもののゆくへ
とざして闇をなす雪

蕗の薹

瞑(ねむ)らざる剝製の鳥やみの夜の深きしじまを
みひらきてゐむ

堅くとざす根雪の下の地のなかの蕗の薹の芽あをき炎(ほ)となれ

木下かげ泉のやうに灯のやうに白く残りの雪とどめゐる

青ふかき天の包める雪の丘われの野兎いつきにのぼれ

『さくらばな』（抄）（第四歌集・一九八九年刊）

花の季

春の水あふるるやうな空なれば雪蹴りて発つわかき一羽は

芽ぐみくる梢あかるき坂道をはしりくだれる雪解けの水

雪消えて萌えそむる園しんかんと誰を待つなる樹の下の椅子

残雪の山を背にして桜一樹はやちの中に咲き盛りゐつ

地の下にからむ樹根をおもへどもげに艶（あで）やかな桜くれなゐ

雪のごと花はとめどもなく降りて罪すこしもつ心にさやる

こだはりが鳩尾（みぞおち）を去らぬ風の道かわきし花がら一気にはしる

空に触れてゐるのだらうかしろがねの光たたふる水平線は

潮かぶる岩のむかうに広がれる海の光芒あふれやまずも

身のうちに叫びたきいくつ溜めてゐるわれをゆすぶり海は轟く

飛雪

もえがらのやうな雪片まひあがりまた沈みゆくビルの玻璃戸に

シャガールの青の渦まく絵の中の少女の胸の鳥の羽搏き

玻璃窓に雪のこまかく霧（き）らふ昼インコは丹念に羽づくろひする

鬱屈せるいかりを吐くや床下の馬鈴薯ふつふつ芽ぶきやまぬも

魚のはらこ毛ものの臓をうけ容れて夜の冷蔵庫うなり続くる

一本の杭

漣のかたちに凍る池の面の光の起伏昨日（きぞ）を韻（ひび）かす

さかしまに雪は降るらむ翻りひるがへりては風にしたがふ

ゆるやかにきたるかなしみ　櫛の間をすべる父の髪まだ生きてゐる

父逝きぬむらさき葉牡丹の葉の襞に今朝の粉雪ふき溜まりゐて

他界への道標ならむ雪はらにかしぎて黒き一本の杭

命終のこゑをつつむと初七日より降りやまぬ雪尺余となりぬ

光芒となりてとぶ雪　絆とふ解きがたきもの無き身軽さに

にび色の空の奥処よとめどなく大鋸屑（おがくづ）のやうな雪こぼれ来る

矢車の花

風しきり浴びて輝く大けやき若き日の父の声ふりこぼす

年老いて寡婦となりたる母にして魚のすり身を黙々と擂る

さきぶれもなく死はありぬ白椿落ちたる一輪ひかり溜めゐつ

西行忌章生忌青風師も逝きたまひ風花ひかる如月の尽

山霧

うすれたる霧のあはひに現れて一条しろき〈称名の滝〉

岩かげに称名のこゑ聴くならむイワギキョウのあを耳をそばだつ

樹の下に三日のいのち終りたる蟬あふむきて風に吹かるる

ふくらめるフウセンカヅラの風船がやたら殖えゆく闇あつき夜は

樹霊

水張田のみづの鏡に刻とめて咲ききはまれる白木蓮は

もはや逢ふことなき父の背を見たり樹霊ささやくみなづきの森

他界なる鬼よびさます蝕の月　草なぶりゐし風もとだえぬ

噴泉（ふんせん）のごとくに怒り隠さぬをおろかともみつ清しとも見つ

野をゆけば

首輪なき犬どこまでも従きてくる流浪のこころ嗅ぎ分くるがに

古池のつもりし泥にゆるゆると腹こすりつつおよぐ緋の鯉

樹海

あをふかき空のまなかひ吹く風に羽しなふまであらがひゆくも

一望になにはの街の暮れてゆく回転レストランのふるき出会ひに

みづからが回りてゐるに風景がわが意に添うてめぐれるごとし

切り子ガラス

やすやすと虫をつぶせる指をもて純白のド
レス縫はむとすなり

生きもののしなやかさと素早さをもつ　夕
べ落しし縫針の光(かげ)

○○

天の眼のいづくにありや泣き笑ひまろびつ
つゆくをみまもり給へ

星のことば

雛の宵ひとり身のあねと妹と朱の盃に白酒
を酌む

木犀は月の桂とぞ月の出の刻至りなばかをり溢るる

明暗をくきやかにする月の夜は木犀の香にまみれて眠る

未明の藍

みなづきの未明の藍に染まりたる馬はいづべへ旅立つならむ

真空のやうなま昼をつらなりて青あぢさゐの毬はみなぎる

ものいはぬかはりに想ひふくらめる花毬あをき雨のあぢさゐ

むねのうちに人をあやめて見あぐれば雲は飛天の裳裾のごとし

肉あつき紅(あか)の花弁の散りしとき空気ゆらりとわれにかたぶく

雪紛々

咲きけむる四月の空をおもふまで雪に華やぐ老樹の梢

積む雪に肩まで埋もれゆかむとし石仏の相いたくのどけき

雪はらにあをくゐがける風紋は遺り文とぞ誰も触るるな

吹きつのる雪に対ひてしやつきりと歩みゆくべし射手座のをみな

刃の先を家なかに擬して光りつつ軒の垂氷（つらら）のふとる如月

白磁の壺

夏のしみづ注げばまろく満つるなり下蕪（しもかぶら）なる白磁の壺に

八月の光炎まとふ百日紅　無韻の昼を咲きなだれゐる

山の上の梵鐘になげき打ちこめば朱夏の緑のゆれやまぬなり

繁りたる老桜くらき緑より湧きてするどき夕蟬のこゑ

こころざし薄れゆかむを励ますや声張りて鳴く一羽したしき

たれもかも孤をとざす夜ぞ黒き布かむりて籠の小鳥はねむる

さくらばな

海に入る山の傾斜のするどくて荒磯をあらふ寒の夕しほ

雪もやのむかうにあるは普陀落か降りみだれつつ海昏れむとす

あやとりの糸すくひくれし少年兵いくさ終りてその後を知らず

雪晴れのあを空ふかく澄みたればかへらぬ機影よぎるがごとし

そめゐよしの溢れ咲く夜の死者生者かげ添
はせつつ歩みゆくかも

みるべくは観てしまひたる老桜のこゑなく
今年の花を咲(ひら)きぬ

○　○

花火ひらくさまに翔びたつ鳩のむれ奔放に
して秩序をもてり

空壜を荷台いつぱいに鳴らしつつトラック
朝をゆさぶりて過ぐ

除夜の鐘

鉄刀木(タガヤサン)の冷えたる床を踏みてゆくひとむれ
の若き僧侶の素足

ひとしきり雪ふぶく屋根にふくだみて野鳩
は喉の奥より啼けり

こな雪のとび交ふ宙（そら）に韻（ひび）き来るいくさなき
世の除夜の鐘の音

除夜の鐘鳴りわたるとき降りきたる雪をき
よめの塩とおもひぬ

雪うすくつもれる上に足跡もなくゆき過ぐ
る刻と思へり

みづからが落しし雪のゆきけむり浴びつつ
青き寒竹は立つ

はなみづき

紺青の天のしづくを享くるなれはなみづき
白のうつはを咲（ひら）く

両肺に花の香いつぱい吸ひこみて薔薇園よ
ぎる羽もつやうに

あかねいろの薔薇の光にゆすぶられまこと
がふいに口を零れぬ

時とまる一瞬ありてくだけ散る陶の破片は
宙に咲（ひら）けり

紙吹雪さながらにして降（くだ）り来し百の小すずめ草萌ゆる上（へ）に

かたことをインコと人とが言ひはかす核のことなど忘るる時間

日暮れ道

春四月さくらのうへに雪ふぶき攪拌さるるわれの時間も

誰もゐない日暮れの道の水たまり鴉はみづに貌うつし飲む

ステンレスに影をそつくり映しゐる産毛まとひし枇杷の実の朱

翡翠いろの布のごとくにダムはありて水底に沈むひとすぢの道

ダムの底にしづめる樹々の枝さやぐ夜もあらむか波紋のひかる

高原の黄昏どこか虚構めき霧に捲かるる塔のそばだつ

しづか夜

ものの怪（け）のやうにひらりとよつあしが渡り
ゆき屋根にかしぐ繊月

かしましく瞬時を鳴りてしづまれる電話機
ひとりの夜を深くする

まつ暗な壁の割れ目にひそみゐて蟋蟀すず
やかに鳴きわたるなり

木犀の香をまとひたるはだら猫　背のびし
て過ぐ月夜の庭を

○○

雪まじりの風に額をさらしつつ薄幸の貌な
どしてはならない

阿修羅

あをき茶を白磁にうけてすするとき決断ひ
とつ澄みゆくならむ

亀裂はしる阿修羅の面（おも）のくれなゐは漲るこころ抑ふるならむ

三面六臂の阿修羅ならねど昭和初期生（あ）れてはげしき時くぐり来ぬ

夜天より北斗しづくす滴々と渇ける髪に飢ゑしこころに

雪しぐれ

きさらぎの白刃（しらは）のごとき瀬に浸（つ）かり鷺のもろ脚しなやかに立つ

川底のえもの誘（おび）くか片あしを揺りゐる鷺に雪しぐれ来ぬ

さりげなく佇つとみえつつ川波の下の足ゆびちから籠めゐるむ

冬越えて枯葦のむれ黄にけぶる底ひをくぐりはしる雪しろ

『冬茜』（抄）（第五歌集・一九九八年刊）

かざはな

深谷へ光りつつ降る雪なれば奈落の底もあかるむならむ

天よりの詩片ついばむやうにして雪野をあゆむ漆黒の鳥

ふたつみつ夕べを点す蠟梅の花唇（くわしん）に触れて消ゆる風花

やはらげる春の大気をたしかめてそつと緑をひろげゆく羊歯

古九谷の壺のくらやみ吸ひあげて芍薬の白ふんはり咲（ひら）く

夢のなかへ入（い）り来て啼けるあかときの鳥の足裏（あうら）の濡れてゐるべし

夕立

ゆふだちは万象の彩くきやかにみせて酸性雨なのかもしれぬ

雨のなか耳垂れ尾垂れゆく犬よ横断歩道をともに渡らむ

さみだれは硝子戸さむく打ちやまず細魚（さより）割きたる指のにほひつ

雨あがりの塀に貼りつく子蛙のからだのみどり呼吸してをり

雨霽れてあくぬけしたる夏空は天使のこゑも筒抜けならむ

木下闇ぬけ来て蝶のひとひらがゆっくり昼の光に溶くる

秋の朝顔

すこし先の未来さぐるかしろがねの時計の針は数分すすむ

言ひ遺（のこ）すことばのやうに一つだけ紫紺をひらく秋の朝顔

嘘すこし交へて詫び状書きをれば人形の目がじつと見てゐる

やはらかく光りゐる雲はかるにも空ゆくものらの憩ひの椅子か

羊水に揺られ聞きゐし曲ならむ月明の夜を韻くフリュート

足ながき少女に曳かれ地に腹を擦りつけてゆくダックスフント

冬

茜

すめらぎの逝きたまふとて昏々（こんこん）と昭和の末を氷雨ふりつぐ

すぎゆきの時間を攫ひ左義長の煙はのぼる改元の朝

葱華輦（さうくわれん）に見送らるるは昭和の世きさらぎの雨に列島濡れて

女川

——金沢を流れる二つの川、犀川に対して浅野川を女川という——

花まちへひとすぢ通ふ「暗がり坂」玉虫色の猫の目に会ふ

をんな川に晒されてゐる友禅の花紋さざなみの中に艶めく

川石を踏みてわたりし幼女期の水さやさやと夢に響（な）りをり

みどりごのままに逝きたる弟よ銀霊草のしろき葉脈

冥界へ漕ぎ出でむ舟か月の弧は紺の夜空にゆらりかしぎぬ

神鳴にゆり起こされて降るあられ金平糖のやうに跳ぬるも

弧をゑがく茎につながる白の耳朶　胡蝶蘭ふゆを上気してゐる

紅蜀葵（こうしょくき）

明治とは遠世のひびき寡婦を生きし祖母の
かたみの紺がすり解く

金鵄（きんし）勲章といへるがありて髪ひとすぢ遺（のこ）さ
ぬ祖父はつひに未知のひと

軍靴（ぐんくわ）にて踏みし中国をひたに恋ひ晩年の父
やさしかりける

鳩のむれに餌をやる幼と若き母くるしき戦（いくさ）
の時代を知らぬ

天にはじき紅蜀葵（こうしょくき）の紅（こう）するどけれまためぐ
り来る八月十五日

沈む日を呼び戻すかなやかなかなのこゑ暗
鬱の森をつらぬき

黒揚羽

曇天を突きあげ朝の噴水が苑の緑をあざや
かにする

炎天に発光体となる車やり過しつつ揺るる向日葵

朝の水脈(みを)ひきつつすすむ舟ひとつ水平線の雲にわけ入る

恋　唄

空を指し一条たかき噴水をときのま崩す春の疾風

花時計の花むらに風吹きつのり菫の耳がちぎれさうなり

ぱりぱりと音の聞こえてくるやうな速さに葉を喰ひ青虫ふとる

華やかな変身をこそねがふなれただひたすらに葉を食む虫は

にんげんをながくしてゐて飽きもせぬ媼の口を洩るる恋唄

薔薇園はばらの根方より昏れゆかむ闇濃くなりて香の強くなる

バベルの塔

黄の靴のけんめいにゆくゼブラゾーン信号
はやもまたたきはじむ

乱立のビルの底ひをゆきまどふ山くだり来
し猿のごとくに

高層をくだるエレベーターの壁面を這ひの
ぼり虫には虫の一念

上へ上へ積みて飽くなき高層は太古バベル
の塔の影曳く

流　星

星満つる夜空へ吸はれゆくやうな螺旋かい
だんをのぼる靴音

光る速度をとらへる瞬は流星と見紛ふ映像
のなかのミサイル

——湾岸戦争——

柵のなか駱駝ははつか瞑（つむ）りゐて砲火の下の
故国を知るや

この夕べとりわけねむごろに称名をとなふ
る母に老いちじるし

○○

すがたなき鳥の鋭声（とごゑ）のわたりゆき汚れし耳を漱ぎくるるも

国東（くにさき）

千年余端座してゐる石仏に何をささやく黒きてふてふ

切れ長き大日如来のまなざしにひしがれてゐる卑小のこころ

——臼杵石仏——

人の世と冥府をつなぐしづけさに夕ひぐらしは声を惜しまぬ

拈華微笑（ねんげみせう）

唐人（からびと）が対き合ふ九谷の皿のなか拈華微笑の間（ま）のしづけさに

褐色の銹絵の茶碗にいくにんの唇(くち)の触れけむ仁清の陶

行乞(ぎやうこつ)の後姿にしぐれ来て野に零れたるひとつぶの様(やう)

——山頭火幻想——

○○

梅雨雲の暗きを刺して寂かなる避雷針もつとも神に近きかな

幸せでも不幸でもない空虚感　黄なるレモンを卓にころばす

緋の花

くれなゐの芽をほどきつつ薔薇の木はおのが咲き様(やう)を考へてゐる

争乱の火のごと一挙に咲く薔薇は闇に溶けない緋の色である

散り敷ける薔薇の花びら香をもてば風しづ
しづと過ぎてゆくなり

さりさりと粉雪の降る薔薇園に白ばらひと
つ小さく凝る

迷路

ふいに咲き匂ひを放ちどつと散る快挙のや
うな木犀の金（きん）

硝子戸の細き隙よりさし入りて木犀の風部
屋をめぐれる

葉の闇にかくす深紅の房いくつ錘となして
珊瑚樹は立つ

こゑにしてはならぬ言葉を呑みこんで桶に
飲食（おんじき）の皿を沈める

碧空にせりあがりたる楓（ふう）の彩　舞台暗転の
前をはなやぐ

涅槃会(ねはんゑ)

老い母の愚痴とめどなき雪の夜とろ火で豆の煮つまるを待つ

涅槃会につどへる男女ひとの世を生き来て智慧の皺ふかくもつ

雪　夜

臓(わた)抜きし青き魚に荒塩をうちたる夜は吹雪となりぬ

雪の夜は水仙の香にねむりゆく子なく財なく若くもなくて

降る雪に紅(あか)むらさきの萼をもて花をかかぐる寒桜(かんあう)一樹

雛の宵

みづ雪のしたたる窓の昏れてゆき雛の面(おもて)に
血のいろのぼる

雛の背のやみは過去世へ続くゆゐ雪洞(ぼんぼり)の灯
のじじとみじろぐ

花の芽をうちに育む桜木はみそぎとなして
淡雪を浴ぶ

そめゐよしの楊貴妃うこん普賢象　桜の裸(ら)
形(ぎやう)冷えてつやめく

裸木(はだかぎ)は雪のしづくを垂りながら万朶の花の
いのちやしなふ

ゆふがほ

をだまきの白花(はくくわ)地に伏しかはたれに閉づる
小さな一期なりけり

あぢさゐの花毬に驟雨はしり過ぎ揺るる水
滴みな彩うつす

香りもつ夕顔やみに昏れのこり心の洞(ほら)は夕
びたしなり

如雨露の霧浴びて潤ふ草の秀(ほ)をしつかとつ
かむ豆青蛙

蟬しぐれ

すこしづつ溜めたる鬱を繁らせて椎の大樹
はゆふべそよがず

かぎりなく積乱雲のふとりゆくゆふべ呪文
となる蟬のこゑ

くれなゐの花火夜天に爆ずるときとほき戦
火をよびさますなり

半世紀のちの蒼空　爆音もなく飛行雲の条(すぢ)
は伸びゆく

五十回忌とふ国の喪に瞑(つむ)るべしたましひの
こゑ聴くべかりけり

黄葉

中天に秀をさやがせて大銀杏ゆふべとめど
なく金（きん）を降らせる

降りしきる落葉ふうはり被りゐつ置き去り
にされし赤き自転車

時雨来て裸木の森の黙ふかし落葉を踏むに
誰か従きくる

はつ冬の空は翡色に冴えわたり渾身のこゑ
降らすひよどり

冬天に秀枝（ほつえ）するどき一樹ありその根大地を
摑みて立てる

万華鏡

ふくいくと咲ける梔子のはなびらの錆びて
朽ちゆくまでを見るべし

もの言ひのけぢめあやふくなる母に耐へつ
つわれもはや若からず

原因を忘るるやうないさかひの数をかさねて母と老いゆく

万華鏡の底に崩るる花に消（に）て狂ひはじむることのたやすさ

何ごとも忘るることに徹するか老い母の顔このごろすがし

どうしても孤りでゐたいときがある天の割れ目のやうな新月

胃におとす錠剤の青と黄と赤とうちなる闇をこすりつつ過ぐ

決断をなすも強ふるもおのれなり印肉ねばく捺印をする

青磁の罅

百合樹（ゆりのき）の万のてのひらさはさはと空をゆすぶり翡翠をこぼす

はつなつは折鶴蘭の葉のひかり抛物線を無尽に放つ

目にみえぬ力に抗しゆづらざる青磁にはしる罅の一尖

街路樹のはだら陽うけてからつぽの回送バスがゆるゆると過ぐ

春　光

おのづから忿りしづまりぬ芍薬の仄くれなゐは菩薩の微笑(みせう)

鳳凰文

こな雪をかむれる万年青のうちに抱く燭ともみえてつぶら実の朱(あけ)

たなぞこに韻きをつたふ水瓶(すいびやう)へ満たせる寒の水のゆらめき

粉雪をうけつつ開く冬ざくら薄刃のごときその花びらを

吉兆の茶柱たつる古湯呑　掌(て)の窪にそと温みをかこふ

『冬の鳥』（抄）（第六歌集・二〇〇七年刊）

雪

白泥（はくでい）の北ぐにの空かがりゐる落葉樹林の細き枝々

音とふ音消して雪降る山門に阿吽（あうん）の仁王構へくづさず

雪の上（へ）に雪降りつもり情念を溜めゐし沼の見えずなりたる

黒釉に窯変（えうへん）の星瞬きて雪をのせたる屋根屋根眠る

雪の枝（え）に総身ふくだむきさらぎの鷽（うそ）の頬紅ほんのり燃える

座禅草

木下闇ほとりほとりと花くびを零す椿の深きくれなゐ

ささやかな吉兆　庭の黐に来て稚（をさな）き一羽こゑを張りあぐ

水の面に触れむ風情の糸やなぎ新芽の鼓動きこえくるなり

仏炎苞（ぶつえんはう）をあぐる銹いろの座禅草あらくさのなかの瞑想ふかし

寂　光

葉がくれに咲くうすあをき春蘭は天の光をふふむ瞼（まなぶた）

まむかへばみ仏の目にとらへられ現し身の悪たちすくむなり

寂光（じやくくわう）にすらりと立てる百済仏　贅とふ贅をなべて払へる

密教仏の二十一体わらわらと講堂のやみに立ちあがるなり

怒りの眼すがしきまでに瞠(みひら)ける降三世(がうざんぜ)明王
の印形(いんぎやう)固し

蒼然と古りし山門に色添へてあはあはと咲
くやまざくら花

黒揚羽

くるくると庭めぐりゐし黒あげは花の磁力
に吸はるるらしき

俗念を絶ちてふうはり新緑の丘はなるるか
ハングライダー

たんぽぽの絮とぶ空の浅みどり戦火の絶え
ぬ国へ続くか

砂ほこり浴びつつ咲ける道の花ちひさく発(た)
つる声はとどかぬ

あきらかに身のおとろへを知る夜を干菜浮
かべし湯につかりゐる

われに少し残されてゐる未来のため花の球
根つちにうづめむ

絹の光

六十代の坂のぼりつめ中秋の月光に身を濯ぎゐるかも

瀬戸際をいくつ越えけむすぎゆきがよみがへる夜の月澄みわたる

あつけらかんと照りゐたるらし救急車に運ばるる時の十六夜（いざよひ）の月

幾星霜ポリープとふを体内に養ひきたる密かにひそかに

錠剤の糖衣を舌にころばせてしのびやかなる夜の雪きく

雪雲にさへぎられ日輪の見えぬ昼　酸素おぎなふとて窓を開（あ）く

新世紀

みづ雪に枝しなひつつ新しき世紀に咲くと蕾ふふむ木

生かされてふみ出でにける新世紀　人生お
ほかた過ぎたるなれど

粕汁に柚子をうかべてすすりゐるけふの積
雪四十九センチ

腰の深さに積もれる雪を分けゆくにもんぺ
といふが今朝は役立つ

そそり立つ雪のあはひをひた駆くる一輛車
くらき意志となりつつ

春の雪ふはふはと翔ぶ綿入れのはんてんを
捨てわれも飛びたし

久々の遠出に緑（あを）の冬帽子にぶくなりたる思
考を包む

うつすらとつもれる春の雪の上をあゆむ烏
ら曲者めきて

五月の雹

つぎつぎと野に生まれたる蜻蛉（せいれい）の翅さざな
みとなりて彼岸へ

まんじゆしやげ線香花火はじきゐつ黄泉平(よもつひら)
坂(さか)照らす明かりか

母のゐない厨の広さこの夜深(よふけ)ぱらり糠漬け
の塩をおぎなふ

ふいに湧くやさしき記憶にあそびゐる母は
しんから幸せさうな

明治大正昭和平成と生きつぎて一生(ひとよ)を終へ
ぬさつき咲く朝

たれもあまり泣かないで欲しい逝く人のた
ましひの秀(ほ)がこぼれるやうで

看取りの日うち捨てありしシンビジウムの
生きつぎ細き莟をもたぐ

かくり世の人の気配か木の下のしようまの
花穂かすかにうごく

朱　夏

石蕗(つは)の葉を焦がし日の炎(ほ)のおとろへず風鈴
も尾を垂れて動かぬ

計りごと密なるごとしことりことり夜の冷蔵庫は氷生みゐる

政争などかかはりなくて庭すみに茗荷ほのかに花ひらきをり

千両の小花がやがて実となるを時かけて見守る天の光は

砂時計

遠き地の戦争などと言うてをれぬわれらの星のうへの出来ごと

聖戦とふ名のもとわれら一途なりきその泥沼のいくさあり今も

疾風に捲かれし桜散りいそぎわたしは軍国少女であつた

夜の灯にひらり降り来る花びらは地の魍魎に吸はるるごとし

夜のカーテンふいに引きなば見えて来む生(あ)
れ出づるなく彷徨ふものが

夜のやみにとばす咳(しはぶき)われとわが胸にこたへ
てしばし覚めをり

砂時計の白沙するするこぼれゆきわが残生
の歳月はやし

金木犀

没りつ日の火照(ほて)り残れる街のうへ気球のや
うな月泛かびをり

さらさらと金木犀の花屑を掃き寄せたれば
砂金のごとし

時雨くらき昼をあかあか点す寺　善男善女
報恩講(ほんかう)申す

旅

とんねるは鬱屈のやみとはいへどやがて光の見え来るならむ

繁り葉の洞(ほら)かけぬける信濃路は車窓くまなく水無月のあを

行く先に明るき未来あるやうな沿線に黄なる花あふれゐつ

空蟬

木洩れ日の音階ゆるる森の径　鳥のことばの伝はりて来る

ふつと来てやがて去りゆくときの間を日向の石に憩ふ揚羽は

人ごみに空似の影を見し夜はべつかふ色の酒をふふまむ

加賀蓮根

電飾に華やぐ並木ゆく吾は検診を避けまた
年越さむ

煩悩のいくつを消すや禅寺に除夜の鐘撞く
昭和のをみな

元日に新しき衣の躾（しつけ）糸抜く昔をみなの気風（きっぷ）
よろしき

篤二郎が糸曳くはちすと詠みし蓮根（はすね）おせち
料理の一品とせむ

少年の夢のぬけがら雪の上（へ）に忘れられたる
赤きパーカー

四大文明展

古代人の歌ごゑきこゆ風霜の染みし土偶の
胸のふくらみ

シュメールの賛歌といふが耳もとにそよぎ
古代の竪琴ふるふ

古き代の土器に彫られし蝶や鳥　線描なれば軽やかに飛ぶ

頭(づ)の上に煉瓦をのせるシュメール王　壁画の中に民と働く

金沢寸描

味噌蔵町ふくろ小路の昼さがり紫陽花の毬ふんはりと待つ

出で入りのまれなる店の藍のれん路地くぐりゆく風にそよぎつ

歴史の暗(やみ)かかへて暮るる城の森　万の鴉のねぐらとなれる

逆光に立つ菱櫓　黄葉の銀杏一樹をかがり火となす

父祖代々守りの姿勢つらぬきし負も容るる堀　水底(みなそこ)知れず

東天の星

はびこれる草の猛りを主（ぬし）のなき庭に見てをり炎暑の昼に

螢火のしんとするどし宵やみに水子精霊（しやうりやう）さまよふならむ

夭折の幼らが呼ぶ夕ぐれの樹に声あぐるつくつく法師

夏の日に焦がしたる葉をひろげつつ大文字草は雨にやすらふ

杭ひとつ

雲ひとひら靡く蒼空　落葉せし木の枝（え）に花柄のスリッパを干す

打ち割ればいかばかり気の晴れむかと古き大皿もち上げてみる

赤蜻蛉の群れて流るるはなやぎに晩年の覚悟まだ浅くをり

晩秋の水の流れに杭ひとつ鳴かず飛ばずの鳥をやすめる

古稀過ぐればどうなと生きよといふごとく
迦陵頻伽(かりようびんが)の雲なびきをり

月

硝煙の絶えざる世なりしかれどもこよひ冴
えざえと仲麻呂の月

千年の昔のこゑをつたへくる壁のなかなる
蟋蟀の裔

雲を出で月の全円まぶしかり全き(まつた)世なきに
全き光

冷えしるく虫の音絶えし夜の更けに壁の中
なるささやき無数

珊瑚樹

玲瓏のこゑ聞き瑠璃を目に灼きしオホルリ
いまも胸に棲む鳥

うち連れて花見をせしは幻か父なく母なく今年の桜

暑く長き夏は逝きけり母の忌も明けて黒衣に風通しゐる

蜜柑色の月昇り来ておほははの語りし民話ひそといきづく

祖母の名は「ふよ」と言ひけりみめやさしきゆゑに芙蓉と心に刻む

梧（あをぎり）に凭れて読みしヘッセの詩十五の未来茫々たりき

暗黒のとき

伝説となりて離（とほそ）く夏の日の滅びのときの痛み忘るな

爆音は屋根かすめゆきたちまちに山の背後の夜天を焦がす

山むかうの空を真つ赤に彩りて同胞の街焼かるる一夜

戦闘機の部品の捻子に鑢（やすり）かくる少女ら必勝を疑はざりき

爪ひとひら遺りしのみとぞ戦ひの末に征き
たる学徒兵きみ

海底をつたひて帰るとふたましひの揺曳（えうえい）な
らむ寄する夕波

終戦の詔勅聴きし夏の日の椎の大樹は老い
て陰もつ

原爆忌

湧き出づる入道雲の掌（て）のなかに包みこまる
る村落ひとつ

雨あとの泥川をわたる蛇を見し戦後まなく
のひもじき夕べ

さるすべりの白しんしんと炎日（えんじつ）をゆさぶり
やまずけふ原爆忌

雲ひとつなき紺青（こんじやう）を透かしゐる原爆ドーム
の支ふる時間

秋冥菊

大空におもひのたけを吐くならむ胸を広げ
てさへづる鳥は

口ごもりいびつに光る榠樝（くわりん）ひとつ映して夜
のステンレス冷ゆ

冬日

赤き実を乳房のやうに垂れてゐる万両ふゆ
鳥の飢ゑ充たすべく

雪連れて夜闇を走る風のこゑ憾みともきく
憤りともきく

絹縫ふに滑らかなるを誇りしが皺むこの手
にクリームを擦る

地にうごくいのちの気配おうなとて心とき
めく啓蟄となる

能登・山中

隠れ切支丹の古刹しづまり日を零す楓若葉の石段高し

手品師の技を観るやう御仏の胎（はら）ひらかれて切支丹の像

水くぐる河鹿のこゑを咽びとぞ俳聖の鋭（と）き耳おもひをり

幽界へ誘ふや射干のほの明かり青かげる渓の径は絶え絶え

藤の下かげ

高層ビルの昼しんかんとエレベータはたった一人を載せて昇るも

むらさきの天蓋ゆるる藤の木は浄土なるべしベンチの翁

掌（て）の上に冷えて重たき柿の朱（あけ）みのりは過ぎし時間を包む

風呂の栓ぬけばたうたうと落ちゆく湯ひと日の垢も鬱も浚ひつ

曼珠沙華

回游の群にさからひゆく魚のさびしさもちて雑沓をゆく

うらうらと和む日ざしに理髪店の鸚鵡は唄ふ音程はづし

信楽の蝦蟇と寸分たがはざるわが庭の主（ぬし）夜うごき出す

胸ぬちのこだはりおさへ対き合へり眼鏡のくもり拭ひなどして

机（き）の上の真白なる紙どのやうに書くも自由といふがおそろし

北斎の波

滞る車道のわきに咲きならぶ赤きカンナの丈高からず

ちさきこと言ふなと一喝さつさうと富士を呑みこむ北斎の波

社交上の握手とはいへ思ひがけず壮年の男（を）
のちから伝はる

耳かきで掬へるやうなひと言が存外むねに
こたへてならぬ

かわきたる落葉ふむ音むすめらのひそひそ
話ほどの明るさ

柿の実に太きたましひ宿りゐむ雲散る梢に
ひとつ残れば

北国に根つこもつゆゑ飽きもせで山河をう
たふ草木をうたふ

晩夏光

尾羽ながく青き一羽が翔ちぎはに匕首（どす）のき
きたる声はなちゆく

鬼百合とふおのが名にふとこだはれる一茎
まひるの土に影捺す

日ざしなき梅雨に赤黄（しやくわう）を開き切り鬼百合よ
わきをふるひたたせる

たひらなる水を破りて翔びたてる一羽なか
ぞらを脇目も振らぬ

雷鳥

鳩時計のこゑのどかなるこの瞬も地上に飢ゑあり争ひのあり

戦争を知らぬ五体ののびやかな若き娘ら爪を彩る

立山は紅葉(もみぢ)のころほひ雷鳥のはね雪色に変はりゆくらむ

大寒

根雪とふ溶けざる雪に閉ざさるるこの地に住みてしたたかに生く

雪をんなにあらず粉雪(こゆき)は雪わらべ舞ひまひしつつ弾んで翔(と)んで

いのち愛(を)しむ媼なるべし雪の夜は六腑に沁みる生姜湯のむ

一昼夜降りつみし雪に埋れたり銭湯おでんや百円しよつぷ

花

音もなく侘助はらり落つる瞬その淡紅の衣
が炎（ほの）めく

雪の枝に黄を点しゐるらふ梅の蠟のしづく
か花びらの透く

三寒四温

気まぐれの三寒四温に落ちつかぬわが身に
棲まふやまひの虫ら

透きとほり凍る残雪の一塊（ひとくれ）が発光体となる
日暮れどき

久々に布に鋏の刃を当つる滞るもの吹つ切
れてゆく

朝日

沖にむかひ発ちたる蝶のいちまいが素志ひらめかし日にまぎれゆく

あら海をみおろす崖の笹むらは風に鳴りつつ羽ばたきやまず

塩漬けの梅びつしりと甕のなか水晶のやうな水のぼりくる

照りかげる戦後六十年ながらへて今年も二瓩(キロ)の梅干を漬く

『日月の譜』（抄）（第七歌集・二〇一三年刊）

一灯

暁(あけ)の水まつすぐ吸ひてひそやかに立つ水仙の馥(かをり)するどし

雪かづく枝をゆすぶりひと呼吸　朝のしろたへ蹴散らして翔(た)つ

鶲らをまれびとと招(よ)びし師のことば光のやうにふとよみがへる

雪闇に点す一灯わびすけの花びら淡きピンクをひらく

水底にまどろみてゐる鯉たちの息をはかるや降る雪やはし

花芽いまだ固き桜の大幹に打ちつける名残の雪のたかぶり

雪やみてかたとき日射しうつろへば紅(あか)ほどきつつ山茶花笑ふ

ほの白き繭に隠(こも)れるやうにして雪に囲はれ一日が過ぐ

眠れざりしけさの禊は繊切りの甘藍(きやべつ)にたっぷり柚子どれつしんぐ

雪消(ゆきげ)

工事現場の荒れたる地表おほひつつ銀を展(の)べゆくさらの春雪

紅梅は少しおくれて咲くならむ濃きくれなゐを固くつぐむも

逢魔刻(あふまがとき)の魔に攫はれし友なりき蠟梅の雪し
づれやまぬも

不意うちに彼岸へ去つてしまはれてただに
うろたふ残されし者は

冬天の青ひびかする硝子ばりの茶房に独り
カフェオレをのむ

安逸の老いと映らむ亡きひとを胸によびゐ
る茶房のすみに

残り生(よ)と断ずるなかれ熱おぶるこゑあげて
奔る雪消(ゆきげ)の川は

青絹の天に花火となりぬべし千つぶの莟は
じく紅梅

ビルのあはひ

いつつむつ野茨の紅(こう)かぞへゐて信号青とな
れば踏み出す

モスグリーンの羽毛ゆたかな番(つがひ)きて満開の
椿ひたに啄む

音にならぬ春のどよめき動きゐる丘の桜の霞めるあたり

ビルとビルのあはひの空に羊二頭つれだちてゆく春ひるさがり

ビルとビルのあはひ耕す翁あり戦後の長き歳月を負ふ

むらさきの藤の百条ゆるるとき天の和みのこゑ降(お)りるやう

長生きをしてねと励まされ気づくなりおのが重ねし歳月の嵩

脳の指令おそくなれるをなげくより鳥のこゑ降る空あふぐべし

降圧剤に親しみて四年　生きのぶる手段(てだて)をつくし何成すならむ

木木の緑盛んとなれり老いわれも炬燵をしまひ風鈴を吊る

日本海

半世紀逝きて内灘闘争を知るやアカシア花
おもく垂る

幟旗かかげし浜に時は流れ小判草鳴るゆふ
はまかぜに

さめざめと梅雨が視界を閉ざしゐる海にと
びこみくるやミサイル

くらき天を弧に截りながらわたりゆく夜間
飛行の赤く小（ち）さき灯

凌霄花

百合樹（ゆりのき）の花ほの明しいつせいに初なつの空
へ盃（グラス）をかかぐ

人住まずなりたる軒にこの夏も朱（あけ）のはな咲
くのうぜんかづら

昼といへど闇の世なればあかき火を点しつ
つのぼる凌霄花

木に添ひて怨ずるやうによぢりゆき凌霄花
は虚空をつかむ

西空を沸騰させて果つる日は悲傷をなべて
焼きつくすべく

あを蛙

殻を脱ぎ蠟細工なる蟬のいのち脈うちなが
ら朝日を待つも

父の愛でし雪見灯籠の下草に棲みゐたる蟇（ひき）
いつしかをらず

これの世のひかりに満つる完熟のトマトの
皮膚にすぱり刃をたつ

露のせる八手の葉つぱに旨寝（うまい）して蛙の背な
か緑（あを）に溶けゆく

風の来て総身（そうみ）かがやく大けやき百枝（ももえ）のみど
り涼（りやう）したたらす

金木犀

藍青（らんじやう）は空の涯まで続きゐてわれもから円き
頭（つむり）をゆらす

あかあかとアメリカ楓（ふう）の彩たぎつ西日の照
りをざんぶとかぶり

嘘ひとつ言ひし負ひ目をひきずりてアメリ
カ楓の炎（ほ）をくぐりゆく

刃を磨ぎて日にかざしゐる老研師きんもく
せいの香の降る下に

孤独には慣れてをります秋霖に皆もろとも
濡れてゆく蜘蛛

佳きことは星がわたしに近づく夜きりりと
寒いが孤独であるが

黄落

身めぐりに燃えつくしたる葉をおとし欅の
大樹冬眠に入る

石蕗に羽をやすめる蝶ひとひら夢追ふこと
に疲れたるらし

ふはりふはり光ともなひ雪降れば尖れる枯
葉も眠りにつきぬ

ああでもないかうでもないと剪つて切つて
さむざむとなる床の生花

諍ひののちの沈黙へ唐突にラジオが流すト
ルコ行進曲

虎のやうに咆哮したきときありて寒の清水
に顔を浸すも

陶・彩

深深（しんしん）と雪ふる夜ふけ思惟を研ぐ仁清の雉の
陶（たう）やみを緊む

粗肌（あらはだ）の備前の小壺「うづくまる」ずんぐり
黒し忍（にん）のかたまり

ねつとりと乳色ながす萩茶碗　抹茶たつれ
ばあをの冴ゆらむ

濃き艶をのせてしづもる丹波焼の瓶（かめ）ありさ
はに芒活けたし

地震(なゐ)

フリージアの細き花茎がしなふまで反りつつ余震に耐ふるしばらく

震源には遠きとはいへ響きくる余震いくたび身に届くなり

人の運たれが決むるか能登のなゐに一人の命亡くなるときく

古代

たたなはる時間くぐりて玉虫厨子(たまむしのづし)あをき光のかけら離さず

高層の屋上に緑の園ありてしろがね色の椅子が向き合ふ

涼しげに身を装ふとて胸に飾る水晶の連(れん)鎖骨に重し

西へ西へ妖しの象(かたち)ひろげゆく雲に圧さるる夕日の円は

蜻蛉

深紅（しんく）とふ色のきはみを沈ませてバラは晩秋の地にほどけたり

蜻蛉（あきつ）のせそよぐ草の穂すぎゆきの時間がふつとたちあがり来る

蒸しパンを芋を分け合ひし幼少の姉弟は老いておとうとの逝く

さやうなら胸のあたりに大いなる蘭のくれなゐ載せて棺閉づ

残り萩の紅が融けこむ夕やみに誰の魂（たま）なる蜻蛉（せいれい）のゆく

捨つべくは残らず捨てぬしんかんと雪を待つなる落葉樹林

六人のはらから一人欠けたれば歳旦に汲む水の冷え鋭（と）し

年明けて研ぎしばかりの包丁に七草きざむ無心なれとぞ

曇天に左義長の炎さかんなり幼の書きし文字高く飛ぶ

鸚哥

彩ゆれて鯉おもむろに動き出づ池の水すこしゆるびたるらし

小鼓のさやかなる音ひもすがら軒を伝ひて雪しづくする

青ふかき空に吸はるる鳥影と春一番を待つ裸木と

桜

雪の笞(しもと)に耐へつつ花芽はぐくみし老桜ことしのくれなゐ咲(ひら)く

花を雪ゆきを花にし喩へたき北ぐにのおうな花ふぶき浴ぶ

絢爛の季(とき)をはりけり花いかだ芥ともなひ杳(えう)杳(えう)とゆく

背のなかに嘴(はし)をさし入れ丸うなり一羽は無垢のかたまりとなる

月下美人

月に濡るる螺旋階段の根のあたり毛ものの影のつとよぎりたり

全円の月皓皓と窓に来る逃げずに本音言うてごらんと

月の雫したたり網膜に沁むるときいかなることも赦さむとおもふ

をりふしの荷を少しづつおろし来て残生となる身のかろきかな

茜　雲

しののめを染むる朝焼け年古りしこの身おもむろに火照りゆくはや

茜さす雲にむかひて翔びたてる一羽にも一羽の一生がある

細かきこと得意となしし指先がこのごろ意のままに動かずなりぬ

やまとぷろに色とりどりのかき餅を焼き呉れし祖母　雪のひと日を

お多福飴

居眠れる男(を)の鞄よりかほを出すマジックの
鳩　夜の電車に

総身が硝子のビルディングかたときも翳も
つことを許されぬとぞ

軒もなく雨樋もなきのつぺらの硝子のビル
に滝となる雨

嵐去りて狼藉のあと掃きをれば頭上にのど
かなる郭公のこゑ

水無月

天人の素描か青のカンバスに雲はつぎつぎ
姿態を変へる

梅雨空を映す水面に漣をおこして風の裳裾
すぎゆく

歓声も拍手も過去のまぼろしか火照(ほて)り残れ
るスタンドの椅子

如雨露の水うけて瞬く霞草なにか佳きこと
おとづれさうな

じろあめ

――金沢・俵屋の飴――

点滴のしたたるリズムとうたらり生きものめきてわが体(たい)に入る

夏負けにじろあめがよし鼈甲色の光(つや)をくるくる箸に巻きあぐ

幾人かこの世を去りて青空のからんと洞(ほら)のごとき秋なり

一日のをはりにひそと紫蘇は散りむらさきの雲そよぎやまぬも

実の褪せし紫式部の蔭を這ふ生き残りたるこほろぎひとつ

深植ゑに百合の球根うづめをり呪力とぢこむる魔女の如くに

能登羽咋

墓碑銘に晩秋の日ざしうつろひて父子の万感濡らすがごとし

――迢空と春洋の墓碑――

あこがるる能登の冬潮と刻まれし歌碑になだれて霜月の萩

——哲久の碑——

四肢緊まる馬がかけゆく千里浜のなぎさ初冬の波が泡だつ

大　雪

順調に老化してると言はれけり八手の花は白くけぶれる

烏兎(うと)匆匆(そうそう)さはれ戦後を生きのびてまたあらたなる年を迎へぬ

もうわれに手出しをさせぬ妹が阿修羅となりて雪掻きをする

何もかも攪乱するか地吹雪のまなかに立てばむしろすがすがし

道路の雪がばと起され壁となるまたその上をひとしきり降る

雪の道を速度落してゆく車　老いの歩みに似てたどたどし

きさらぎ

鳴神の鎮まりたればやはやはと雪が降(お)りくる金沢の空

雪の日を近江町市場はなやげりずわい蟹の紅(あか)やまと積まれて

年若き托鉢僧のうしろ影ふぶきのなかへ紛れゆくなり

こころ充つといふにあらねど静もれる老いとはかくや雪光り降る

春告ぐる雪割草の花に会ひし能登の岬の娑婆捨峠

災禍

非常時とふ戦時の言葉よみがへる地震に津波、原発の事故

映さるる瓦礫のなかに倒れ伏すそめゐよしのが花芽つけをり

シーベルトなんどと言へる単語おぼえ媼かなしむ原発事故を

人力も科学も非力（ひりき）　祈るよりすべのなければ蒼穹あふぐ

昼も夜も地が揺るるとふみちのくの人ら安眠の時をもたざる

災うけて壊れし地（つち）を嘆くらむ雪とめどなしなみだのごとし

緑の季

青天に噴きこぼれゐる雲の泡なにごともなき五月の午後に

濃紅のキリシマツツジの蜜に酔ふ翅もつきみらの耀く時間

兼六園の八千の木木　老いもあり若きもありて夏緑濃し

もえたぎる日盛りを咲く白桔梗たをやかにして強き息もつ

大椎

幼な日にかけめぐりたる産土の宮の境内蟬しぐれなり

終戦の玉音ききし大椎はいま平成の緑をたたふ

——旧県庁の大椎——

樹には蟬くさむらに虫鳴き出でて常のごと秋の気配近づく

開けしまま眠りたる窓に深夜鋭(と)きこゑはなつなり南部風鈴

茶色なる

昔日の軍艦のごとき高層ビル影くらぐらと夕日を背負ふ

茶色なる戦争とほくなりぬれど原発といふ魔物あらはる

遠き記憶包めるやうに苔のせて動かぬ石をめぐる水音

花びら餅

みやびなる花びらもちの薄紅を懐紙にうけて老いもはなやぐ

老いゆく日日その一日がまた暮れて食器洗ひあげエプロン外す

起伏なきわが一生（ひとよ）かなつねに少し何か足らねどよしとして経つ

山猫

西表島（いりおもて）を駆くる山猫ゐはがきの版画（すりゑ）となりて雪の朝来ぬ

雪しまく昼からうかうと灯しゐる地下街の店は春の彩り

待ち伏せてゐたるか地上に出でたれば行く手をはばむ吹雪のつぶて

ひと夜さを吹雪かけぬけてしろがねによろふ武者（もののふ）けやき並木は

白玉椿

さきぶれもなくてこの身をはなれたり歯の
一まいが花瓣のやうに

前歯欠け体ぢゆうむなしき雪の午後　表紙
あかるき歌集が届く

雪消(ゆきげ)はしる川のほとりにひとむらの菫じん
わり胸にしむあを

加賀膳の治部煮の鴨にほのじろき琴爪のや
うな百合根添へらる

遠き世のこゑがきこゆる冬の夜は治部煮の
わさび舌にひびくも

これでもう終りますとぞいさぎよく地にこ
ろがれる白玉椿

地に落ちし白玉椿ふくよかなしろたへしば
し艶うしなはず

いのち

遅春（おそはる）の北陸の空へこゑあげて梅と桜が一挙に咲（ひら）く

苔の上に山茶花の紅（こう）あふれ落つ満ちて終れるものの謐（しづ）けさ

現世を去りゆく人の衣ずれか新樹のさやぎ目を閉ぢてきく

今年また欅にきたり蟬の鳴く一期のこゑをふりしぼりつつ

聞き流すことの出来ないおろかさに湯呑みの茶渋きしきし洗ふ

茶渋とれば明るむ九谷の古湯呑み独り身われの伴侶でもある

静心（しづごころ）ありと詠まれし師を憶ふしづごころなき今世のわれは

好日なり葉蔭にいこふ蛙子の小さき息も聞こえるやうな

エッセイ

「雪月花」考

短歌の合言葉のように「雪月花」というのがある。何の抵抗もなく口にし、耳に聞いている。しかし実は、四季豊かな土地にあっての、ゆき、つき、はな、の眺めだろう。そしてさらには、子孫の私たちに伝統芸術として文字のすさびを、遺してくれた先人あっての短歌なのである。

田子の浦にうち出でて見れば白妙の富士の高嶺に雪はふりつつ　山部赤人

ほととぎす鳴きつる方をながむればただ有明の月ぞ残れる　後徳大寺左大臣

いにしへの奈良の都の八重桜けふ九重ににほひぬるかな　伊勢大輔

誰もが熟知の『百人一首』の名歌である。これはまさしく絵であり感性の調べであり、日本人に恵与された美意識そのものであるといえよう。とはいえ長い歳月を越えて続いてきたこの短詩型文学の未来性を計るとき、やはり近代以降の、現代短歌を検証しなくてはならないことである。

たとえば、歌をしているというと、いいご趣味でと褒め?られたり、花鳥風月を楽しむ余技としか見ない向きもある。「雪月花」もその範疇で解釈されかねないのだが、そうではない証をみてゆきたいのである。ここでは紙幅が限られるので、てっとり早く現代短歌から触れてゆくことにする。

白じらと雪の微光を身にまとひしづかに高く夜の塔立つ　佐藤美知子

枝ごとにやはらかき雪のせて立つ一樹ひとりの命に見ゆる　大塚　陽子

夜あかりに積みゆく雪を戸にのぞく死後の世界をのぞくごとくに　上田三四二

つきぬけて虚しき空と思ふとき燃え殻のごとき雪が落ちくる　安永　蕗子

口開くる鮫（シャーク）のごとき北窓の硝子びんびん飛雪を砕く　時田　則雄

まず雪の歌を見てゆくと、これは単なる風物詩ではなくて、生きの時間に楔をうつような凄さを感じるのは、私だけだろうか。一首目、雪をまとって立ち尽くす孤高の塔の侵しがたい気品と憂愁、それは学究の作者自身でもあろう。二首目、雪を詠みながらなんと温もりのあるやさしさだろう。その深い眼差しに打たれる。三首目、ほの明かりに音もなく降り積もってゆく雪を戸の隙間から見ている。病身の作者を思えば下句がことさら厳しく迫るのである。四首目、かつて美の象徴であった雪がここでは全く別の表情となる。作者の内面の反映に他ならないのだがユニークである。五首目、窓ガラスを一、二句のように見立てたのが面白い。ほんとはガラスが雪を砕くのでなくて雪が勝手にぶつかって砕けるのだが……。ダイナミックな美は今日的で歯切れが良い。

冬の夜を月照りてゐむいのち終へし森の獣がさらすむくろに　安田　章生

月　神のごとく昇るにあやまちて声もらしたる森のかなかな　斎藤　史

しんがりを行くのが好きで夜半の駅しんがりに出て望の月に会ふ　高野　公彦

月光に燥（はしや）ぎて先をゆく影のわれを抜け出てしまひさうなり　本多　稜

墓石と竹藪照らししづかなり月を離れし月の光は　伊藤　一彦

ここでの月は、艶やかな又は童話的な印象ではない。しいて引くなら三首目、丸い望月が長閑な面持ちで現れる。「しんがり」がこの人の人間性をよく表しており、歌全体に独特のムードをつくった。一首目の月光はやや冷たく寂しい感触でありながら大らかに包み込む仏心を想像させる。二首目は厳粛で崇高なる月である。驚いてつい鳴き出したカナカナがあざやかである。五首目は、異界へうつろう月のようであやしさがある。とくに下句は言い得て妙。四首目も別な形で異次元に繋がる感覚があり、現実からはみだしそうな自分を意識しながらも、明朗に仕上がった。

すさまじくひと木の桜ふぶくゆゑ身はひえびえとなりて立ちをり　　岡野　弘彦

さくら花幾春かけて老いゆかん身に水流の音ひびくなり　　馬場あき子

戦中戦後わが自分史のいづこにもさくらの記憶ありてかなしむ　　尾崎左永子

押しひらくちから蕾に秘められて万の桜はふるえつつ咲く　　松平　盟子

まぎれなき地球の外の暗黒を知つてゐる二十世紀の桜　　日高　堯子

花といえば桜である。五首それぞれに表情を持つが、いずれも緊張感に貫かれているようで、ただ華麗なだけの花ではないのである。一、二、三首ともに戦時という暗黒時代を経て老いの域に入った者の感慨であり、つねに心身に焼きつけられた感覚が作動する。花ふぶきに冷えてゆく躰と心。老桜の芯に韻く水流は作者のたぎる血の音だろうか。そして又、かつて桜は美化されて戦時の周辺を飾った。三者三様の悲哀は覆うべくもないが、時間で昇華できないものが累々とある。第四首はこれらとは対照的に明るく弾んだ歌である。上句にしたたかな生命力を漲らせ、かつ繊細だ。五首目になると、視点はさらにグローバルになり宇宙観とでも言おうか。世界の危機感にも触れてくるようだ。

こうして見てくると千年以上の道程を経て「雪月花」は今日、決して風雅だけのものではなく、また誰かが嘆いた「悲しき玩具」でもないことを認識したいのである。そして日本に四季がある限り伝統の和の心は継がれるだろうし、「雪月花」の未来も確かだと考えられるのではなかろうか。さればこそ短歌の合言葉としての信頼が生まれるのである。

（「ゆきごろも」26号、二〇〇四年）

出会い

古い頁を開くことにする。

ある朝、「新雪」同人の永井泰蔵氏から電話が入った。突然だが今日の昼から坪野哲久と岡部文夫が片野の鴨池へゆくと言っているので都合がよければ出て来ないか、というのである。

折も折、私は哲久の第七歌集『碧巖』を詠み終えたところであった。都合も何も、たとえ洋裁教室の日であっても休みにしただろうが、丁度空きの日だったからOKである。こんな恩恵を独り占めするのは勿体無いと思い、誰か誘ってもいいかと問うと、良いと言う。だが当時周囲の人たちは私をふくめて皆四十歳台から五十歳台で職場でも家庭でも現役、とてもウィーク・デーに直ちに動ける人はいなかった。残念だったが恐る恐る一人で出かけたことである。

昭和五十一年二月であった。

　周知のように岡部文夫と坪野哲久は同郷の盟友、山代温泉で旧交を温めるの図であったに違いないのだが、そこへ有象無象のわれわれがお邪魔をした次第。もっとも永井氏は哲久と親交があり、この時の万端は氏の肝いりであった。結局、鴨池へ供をしたのは永井氏と私。さて岡部文夫とはすでに何度も会っており、尊敬する先達として親しみ深い小父様といった存在だったが、坪野哲久の方は『碧巖』の巻頭の写真にまみえたのみ、それは書斎に思索する横顔なのだが中年の田舎娘を魅了するには充分、そのオーラの前に、折角会いながら言葉を知らなかった。しかし、哲久、文夫の二人も存外寡黙で、いや喋らなくても分かり合っているという感じの間柄のようで余所目にも好感した。やがて四人とも水鳥の遊びに心を奪われていった。

　その夜は地元の有志の人々が集まって哲久の話を聞いた。訥々とした語り口が心に沁みるようだった。文夫は少し離れてちびりちびり熱燗を嘗めており、何の違和感もないのが快かった。

　後日、永井氏から送ってもらった一葉のスナップに哲久、文夫の大家に挟まって緊張した栗鼠みたいな貌をした自分を見つけたのだが、その時初めて哲久が赤いジャンバーを羽織っていたことを知った。いかに舞い上がっていたかをあらためて認識。

　以上のような経緯（いきさつ）があったせいもあろうけれど、私は全歌集の中でもとりわけ『碧巖』が好きである。

『碧巖』の著書、坪野哲久は能登に生を享ける。生まれた土地がその作家の作品をいかに性格付けるものかは、これまでにも認識してはいたが、かく粘り強く激しく内向的な詩の結晶は北陸人ならではのものであろう。

火の呼吸われの呼吸と一つにて寂しきいろに
立ちのぼる見ゆ

われの一生（ひとよ）に殺（せつ）なく盗（とう）なくありしこと憤怒の
ごとしこの悔恨は

抄出の二首。この烈しさと自己を糺す厳しさはどうだろう。ときには自然派の歌人から難解とまで言われたが、当時台頭していた前衛歌の難解とは一線を画する。それは文学者としての骨太の覚悟が徹っており、それがゆるぎない姿勢となっているからではないのか。哲久の心境というか作歌理論ともいえる言葉がある。「ぼくはぼく、きみはきみであらねばならぬ。ぼくの韻律がどうしてきみの韻律たりうるか……」決して巧く作れとは言っていない。自分の個性を発露しろと叱咤している。われわれ井の中の蛙にも勇気を与えてくれるではないか。そしてさらに続ける。「ぼくらは、人間そのものを、生き方そのものを、作品そのものを、長い時間をかけて推敲しなければならない」と。含蓄のある述懐であり戒めであろう。抵抗なく心に落ちる。

黒き雪まならあつく降り紛う恍惚のときわ
れにいたれり

うつくしきもら去(い)にけりうつうつと雪ふる
奥の奥なる無限

夜の耳に絶命の息迫るがに雪のながれのたま
しいきこゆ

絶唱のような雪の歌だが、哲久が雪を詠うとき郷里の冬が二重写しになる。少年期を過ごした能登の地は、必ずしもよい記憶を伴うものではないのだが、やはり哲久にとって詩の原風景なのであろう。折に触れ憑かれたように詠むのである。

夢にみる泉の貌をかなしむや　松山の下　野
葡萄の蔭

農のみず草にあふれて跣足のよろこび疼く少
年の脚

歌集『碧巖』には八百首収録されているが、あとがきが無い。それが又さわやかな印象をうける。この歌集は読売文学賞を受賞しているが、聞くところ

による と他の歌壇の賞は辞されたとか。その清廉な人柄も魅力である。

夫人の山田あきに会う機会を得たのは、その少し後であった。加賀へ立ち寄られたあきを囲んでの歌会が持たれ、これは伊豆蔵節子さんから声をかけられたかと思う。哲久より年嵩だときいていたが、知的で清潔感があり年齢を感じさせない。髪は直毛のショートカット、白いブラウスがよく似合っていた。私も今度はやや余裕が身につき自信作?を携えて参加。あきの目に止まったのはよいが、お褒めの言葉のあとに「注意しなくてはならないのは、満足な作品が出来た後、自歌の類型に陥らぬ用心をしましょう」といわれ、あーそれがあるかと悟る。他者でなく自分の類型が……。現在でもこの助言を反芻しながら作歌に臨んでいる。それにしても、あきの歌は凛とした美しさが格別。

白蝶はわれのまぼろし風雪に裂けたる樹(こ)の間の孤絶をめぐる
九月一日きみ古稀となる熱きもの奔りてやまぬわれは古づま
地に落ちてなおも火の色寒椿かく見さだめてさやぐ竹群(たかむら)

けだし真のおしどり歌人といえよう。眩しいばかりである。

このあたりでセピア色の頁を閉じたいが、顧みて人生の出会いは宝物ではなかろうか。長い付き合いもあるが、ほんの瞬時の出会いであっても生涯に影響を受けることがある。支えられてゆく希有の幸運を得ることができる。かの先人たちはすでに世に無い。が、その声は今もありありと後進を励ますのである。

(「石川県歌人」30号、二〇〇八年五月)

鳥は命の象徴

光りつつ鳥とびゆけり流転生死のあはひ短くわが命あり　『旅人の耳』安田章生

師である安田章生の晩年の一首である。享年六十一歳の生涯であったから、今なら夭逝というべきであろう。藤原定家と西行の研究で知られる文学博士であり、前衛短歌が興る少し前の写実が主流だった当時の歌壇に「知的抒情論」を放ち、注目された知性派である。その頃、三十代のオールドミスで病気あがりだった私が、その清々しい歌論と深い心象を詠み込まれた作風に魅せられたのも必然といえようか。

右の歌は、肺癌に侵され手術をされた頃のもので短歌研究誌に発表し、のちに賞を受けられた一連の中の作品だったと記憶する。すでに命運を予感しながら、その透徹した心境に胸うたれるのである。病篤きこの年、昭和五十二年には母サワノが死去された。そのような苦境にあってなお、くきやかに詠み示された詩魂に感銘をうける。

師より何十年も長生きした自分を省みるとき本当に「流転生死のあはひ」の命と痛感するのである。そして、万人いや万物の命を愛おしく思うことしきりである。「光りつつ」ゆく「鳥」の行方は命の象徴ではなかろうか。

雪かづく枝をゆすぶりひと呼吸　朝のしろたへ蹴散らして翔つ　『日月の譜』岩田記未子

猫の額ほどの、ひと一人やっと歩けるほどの狭いわが庭だが、鳥が訪れると豊かになる。気持ちが弾む。ことに身も心も凍え縮まるような寒い冬の朝など、鳥たちの生気に励まされる。雪の枝を揺らしながら冷気を愉しむかと見えて、次の瞬間ぱっと飛び立つ。鮮やかにして素早いこと。心憎いくらいである。

数年前の雪の深い冬のこと、鷽（うそ）が一羽黐（もち）の木に来てしばらく休んでいったことがある。頬紅をさしたような赤が綺麗で思わず見惚れてしまったものだった。大雪の冬は野鳥が食べ物を探しにくることが多いらしい。そんな僥倖のひとときが、無聊の私を充たして呉れるのである。

そういえば師、安田章生の歌に次のような作品がある。

わが残生の時間（とき）刻むごと鶲鳴く冬の光の石に
澄むとき

わが庭の冬のまれびと鶲来てひそかに時間（とき）を
刻みてゆけり

大阪の石橋のお住いへ一度だけお伺いしたことがあるが、夫人との静かな明け暮れを想像させるたたずまいであった。其処へ「まれびと」として鳥たちがよばれる……なんと微笑ましい、温かい世界であろうか。それでいて作者の視線はさらに深く、刻々と刻まれる時間を認識している。冷やかに澄み切った視点。やわらかだが鋭い、師の感性をしみじみ反芻する昨今である。齢を重ねるほどに師が懐かしく思われてならない。〈鶲らをまれびとと招（よ）び師のことば光のやうにふとよみがへる〉

そう……鳥は時を刻み、命を象徴する。

（「石川県歌人」37号、二〇一五年五月）

『日月の譜』あとがき

本書『日月の譜』は平成十九年に出版しました『冬の鳥』以降の作品から三百八十首を収めました。私にとりまして第七歌集でございます。

僅かここ数年の間に、弟の一人が亡くなり、多くの友人知人が世を去りました。さらには、かつて十代で体験した戦争にも匹敵する大事、東日本大震災が起ったことでした。

何事も無い平穏な日々がどんなにありがたいものか、つくづく思い知りました。また、このような類のない災害を見たことで衰えかけた乏しい詩嚢が鞭打たれたことも事実です。今を生かされている現実の日々を、せめて生きの証として詠んでいこうと心に決めました。それゆえ歌集名を『日月の譜』といたしました。

闘病に二十代を費やした私は、自活の手段として洋裁を学ぶべく上京したのが三十歳半ば。文化服装学院で教職を得ましたが、体調のすぐれぬ母のため金沢に戻りました。自宅で洋裁教室をしながら、やがて老いた両親を次々に見送りました。そのとき援けてくれたのが、今も一緒に暮らしている末の妹でした。あまり丈夫でない私が、こんなに長生きできたのも彼女の叱咤激励のお蔭のようです。

お蔭といえば、沢山の人々の恩恵を頂いて生きてきたことを、この頃とみに思うのでございます。まずは安田章生先生にお会いできたことで私の短歌人生の方向が決まり、遠い道程を持続して歩くことができました。さらに、こんな北陸の野育ちを、先師よりも長い年月見守ってくださった「白珠」の安田純生代表ならびに社中の皆様に感謝いたします。地元「新雪」の津川洋三主宰はじめ歌友、そして「ゆきごろも」の仲間にも常に支えていただき、ありがとうございました。

平成二十四年十二月三日　　　　岩田記未子

解説

序

安田章生

それまで未知の人であった岩田記未子さんが、金沢の地から「白珠」に参加されたのは、いつの日であったろうか。その日もいまはなつかしい記憶のなかのこととなった。岩田さんの歌に「白珠」誌上で親しむことも短かい月日ではない。そして、そのあいだ、岩田さんの歌は、雪国の輝きと静けさとを、南の国に住む者のところへ運んでくるようであった。大阪の歌会に飄然と出席されたことも二、三度あったと記憶している。

　詳しいことは承知していないけれども、岩田さんは青春の日に長い闘病生活を送られたということである。そのことが、岩田さんの人生にどのような悔しみとなったか、おおよその推察はつくというものであるが、いま『雪の炎』一巻を通読しておもうことは、やさしい女人の悲しみと情熱とが、清浄にして華麗なる雪の感覚でもって磨かれ、深められ、表現されているということである。清浄なるもので磨くとき、微妙な陰影はかえってそこに生まれ、華麗さはしばしば沈静の世界を呼んで、するどく複雑な感受性をひらめかせている。

　目閉づれば雫する雪の音やさし失意久しき肩叩くごと

　明日支ふる象して杉の静けさよ冬稲妻のひらめきのなか

　風の中へ奔り出したき焦燥に駆られつつあやふき命みまもる

　蒼く沈む暮景の中にみづからがひそかに光る山の湖

　窓の灯のとどかぬ闇に吸はれゆく雪たまゆらの閃き清し

こうした作品を、本集の随所に読者は見いだすであろう。
岩田さんは、先年、上京され、現在は文化服装学院で洋裁を教えておられる。本集の後の方には、そうした生活のなかから生まれた作品が見られるが、そこにも作者の持っている雪国の感覚は美しく出ていると思う。岩田さんの詩と人生とに声援を送りたい。

昭和四十四年三月三日

（第一歌集『雪の炎』所収）

『雪の炎』によせる

長沢美津

『雪の炎』という歌集は雪国に生れた著者の半生の記録とある。どの頁を開いてもある焦点を持つ歌で充たされていて、その焦点を追ってゆくとやや悲壮なひびきを伝えてくる。

風が掬ひし雪ひかりつつ舞ひあがる断片となりて閃く過去も
胸底から喚ばふものなしたけりたつ吹雪の中に杭のごと佇つ
牡丹雪とむらひ花に似て白し傘にうけつつ故なく急ぐ

雪のふる日の空は低く天と地も見わけがたい。舞いあがり舞いおちて、それをみつめているわが身も空間の一片となって無限の流動のなかに巻きこまれてゆく感がするものである。宇宙と雪片のかかわりは美の極地でもあり、無常の相でもある。はかないといえばはかなく美しいといえば美しい。

雪と風が創りはじめる冬の景　絶えなむとするもろもろの影
雪あかりする輪郭に充ちてくるうちなる声に糺されて立つ
吹き狂ふ風にさらはれて野を走る雪煙まろく生きゐるさまに
吠えながら白き野面を駈けてゆく雪煙とどまるところを知らす

よく詠み据えてある。言葉に詠嘆の語気があるとしても決してそれによりかかってはいない。雪の現象そのもののなかから作者がうけとめているものが浮き立ってくる。雪への幻想が作者の心情真相に触れてよきよみがえりとなっている。

粘りつよき蜂蜜を器に移しゐて消しがたし形なさぬ愛語も
街灯が歩道に置きゐる光の輪ふめば備へなき吾が浮かび来
握りしめし掌の中にある憤り解かむとすれど指はひらけず
幾年月われを支へ来し憎しみなり消さむとすれば力萎えゆく
あふれ咲く弔花のかげより肖像の視線笑みゐてこだはりもなき

あちこちから拾いあげたこれらの歌にうたいこめられているものが、繋りあい、くりひろげているのは、一貫して痛みを伴う悔しみに通うものではあるが、対象と我とのかかわりは可なりよく処理されているのをみなければならない。つまり表現するときに感情でうけとめたものから出発している。これは短歌の作者として本質的な強味である。対象のなかに自己を没しながら自由に語句を駆使してすぐれた作品となっている。

もゆるがに緑の繁り捧げゐしわが樹たはやすく雷に裂かるる
檻の上に頭だけ出して見おろせるキリンの嘆き吾にとどかず

これらになると気分は伝わるが主観的な上すべりがあって、非実際というか、現実をみる目に違和感があるのではなかろうかとも思われる。表現力が先ばしるので言葉だけが流れてしまうのかもしれない。

地の下に埋めらるべく巨大なる鉄管にぶく横たはりをり
わが内にひびかふ音ぞ今日終る区切りとなしてロッカーの鍵

近作には現在の生活の影が濃い。これから何を描き何をうたいあげてゆくのであろうか。岩田さんは雪国の生活を過去として環境の変ったなかで新しい生命を燃しつつある。仕事を持ちながら作歌への情熱を高め深めていられる。これからもその折々の思念のなかに雪は微妙な陰影を投げかけるであろう。

雪といっても風土によっての違いはある。板屋峠のあたりを埋める雪の深さ、長岡あたりの根雪の重さ、というものにくらべて金沢の雪は、質としては溶けやすく一度に降り積む量もそんなに多くはない。一片一片が牡丹雪というひろがりを持つ綿雪、私達子供のころ「綿帽子雪」といったあの感触なのである。

岩田さんの雪の歌によって私はふるさとの浸み透るような雪の日の回想に追いこまれた。そして岩田さんのゆたかな天分と真摯な生き方が、今後どんな調和を見せてゆくのであろうかと静かに思った。

（「白珠」一九七〇年三月号）

『さくらばな』その転換とモチーフ

高瀬一誌

病みし過去を見送らむとする冬の朝落葉せし樹が空を指しをり　『雪の炎』

目を閉ぢてはるかに光る道すぢをたしかむるとき吾しづかなり　同

森かげの一樹ひそかに花を撒く落魄の声うちに沈めて　『冬の梢』

新雪を誰(た)が踏みゆきし足あとの窪み続きて私語もつごとし　同

滅びゆくものの声ごゑあふれしめ枯野につかの間炎ゆる夕焼　『白の宴』

青ふかき天の包める雪の丘われの野兎いつきにのぼれ　同

春の水あふるるやうな空なれば雪蹴りて発つわかき一羽は　『さくらばな』

冬越えて枯葦のむれ黄にけぶる底ひをくぐりはしる雪しろ　同

第一歌集『雪の炎』から『冬の梢』、『白の宴』をへて『さくらばな』までの巻頭及び巻末の作品を抄出した。巻頭と巻末は心して置く一首である。『さくらばな』でこの作を巻頭とした意味は大きい。「春の水あふるるやうな」とあるように、精神的にも転換したモチーフがみられるからである。個々に『さくらばな』の作品をみてゆこう。

芽ぐみくる梢あかるき坂道をはしりくだれる雪解けの水

雪のごと花はとめどもなく降りて罪すこしもつ心にさやる

こだはりが鳩尾(みぞおち)を去らぬ風の道かわきし花がら一気にはしる

潮かぶる岩のむかうに広がれる海の光芒あふれやまずも

身のうちに叫びたきいくつ溜めてゐるわれをゆすぶり海は轟く
シャガールの青の渦まく絵の中の少女の胸の鳥の羽搏き
鬱屈せるいかりを吐くや床下の馬鈴薯ふつふつ芽ぶきやまぬも
魚のはらこ毛ものの臓をうけ容れて夜の冷蔵庫うなり続くる
さかしまに雪は降るらむ翻りひるがへりては風にしたがふ

八頁目から順次抄出。「はしりくだれる」「とめどもなく」「一気にはしる」「あふれやまずも」「われをゆすぶり」「青の渦まく」「いかりを吐くや」「うなり続くる」「さかしまに雪は」。ここに著者岩田記未子の全身が重なっている。心だけではない、発想だけでもない全身とみたい。たしかに今日の短歌においてそう特異な表現ではない。十頁ほどからの抄出にすぎないが、こういう表現に己れを託する、託せざるを得ない著者の錘りを感じてしまう。私は岩田記未子にとってよき読者ではないかもしれぬ。のっけからこう書くのだから。書評とは、その歌集の秀作、佳作を鑑賞すればよろしと人はいう。それもそうだろう。しかし私は歌集と格闘してみたいのだ。

〝清冽なエスプリ〟〝燈明〟〝感性の所産〟〝美しい情感〟と岩田作品は評されている。あるいは北国金沢、雪降りしきるなかの女人像もイメージされよう。このことばに近いところに岩田記未子の作風があることも確かだ。それはひとつの読後感、印象ではないのだろうか。岩田記未子の核の部分はちがうと思うのである。ちがわなければならぬと考えるからである。

舞台がある。歌集は舞台だ。人は雪を、花を、あるいは鳥を、舞う作品の中に見た。イメージされたといってよい。

しかしここで舞台は暗転するのだ。次の作品を見てほしい。

積む雪に肩まで埋もれゆかむとし石仏の相いたくのどけき

雪はらにあをくゐがける風紋は遺り文とぞ誰も触るるな

空壜を荷台いっぱいに鳴らしつつトラック朝をゆさぶりて過ぐ

雪まじりの風に額をさらしつつ薄幸の貌などしてはならない

山の上の梵鐘になげき打ちこめば朱夏の緑のゆれやまぬなり

矛をさめ呆然とゐる老い母にいだく怖れの故もなけれど

みづからが回りてゐるに風景がわが意に添うてめぐれるごとし

岩田記未子のまぎれもない世界があるのではないか、作品を通して伝えたいもの、伝えるよろこびが読者にもひしひしと感じられる。これらの作品の良さの一面は、作者と対象との間に一定の距離があるからだろう。短歌では近づきすぎてもむり、遠くにおいてもアイマイとなってしまう。

全く別ないい方になるが、読者側に立てば作者があるときは見え、あるときは見えないその無分明さが岩田記未子の魅力であり、特質だと思う。

北国に生をうけたこと、あるいはにんげんの幸不幸は作品の中にあまりかかえ込まないほうがいい。右の作品はかかえ込んでいないから読むものに伝わってくる。注文ついでに二、三記したい。

内に照る久遠の笑みがゆるゆると仰ぐこころに伝はりてくる

水満つるダムにするどく傾斜して岸の緑のくらぐらと沸く

満開の花に酷薄の雪降りてこんこんと寒し春の巷は

「ゆるゆる」「くらぐら」「こんこん」等のいい方が気になった。なるべく消してゆくことがよいのではないか。
　次は主題作である。「白磁の壺」と「さくらばな」から。

　　夏のしみづ注げばまろく満つるなり下蕪（しもかぶら）なる
　　白磁の壺に
　　みるべくは観てしまひたる老桜のこゑなく今
　　年の花を咲（ひら）きぬ

この二首は集中の圧巻であろう。

　　たたかひて終りたる日も暑かりし有刺鉄線の
　　うへの夕焼
　　とほくなりし戦（いくさ）を知らぬ子どもらは芝生の青
　　にまみれてあそぶ
　　戦争もむかしばなしとなりたれば若きものら
　　はバイクをとばす
　　赤煉瓦の校舎をあとに征きたりし学徒らのき
　　よき首すぢみゆる

　一言にしていえば判りがよすぎる。答が出ているといえよう。こういうテーマは、現代においては、もっとちがうかたちで作者に収斂させるものなのではないのか。そうしたときにテーマを感じ、作者を感じさせるからである。時代あるいは思想の主張は、短歌ではなかなか厄介な課題となる。「あとがき」に、――戦中戦後を生きた年代として、遺り文のように詠まねばならぬものを――とあったのであえて感想を記させていただいた。短歌を選択したものが、短歌を武器として、如何に遺り文を後世に書けるのか、大切なことと思ったからである。
　歌集には絶唱一首あればよし、十首の佳吟があれば収穫である。もって冥すべしと語った人がいる。次の二首を書いて終りとしたい。

　　三面六臂の阿修羅ならねど昭和初期生（あ）れては
　　げしき時くぐり来ぬ
　　天の眼のいづくにありや泣き笑ひまろびつつ

ゆくをみまもり給へ

（「白珠」一九八九年一〇月号）

工夫された歌の数々
――歌集『冬茜』

外塚　喬

生まれ育った風土の匂いというものは、いくら拭い去ろうと思っても、拭いきれるものではない。北原白秋や斎藤茂吉が上京し、長い年月を都会で暮らしたにも関わらず、作品には、古里の匂いが常に漂っていると、思われてならないからである。まして、生まれた土地を離れることなく、長い年月を住んでいるとなれば、尚更に風土性が色濃く滲み出てくるのは、当然のことであろう。

『冬茜』の著者である岩田記未子さんは、金沢に生まれ、その後も、生活の基盤を金沢に据えて歌を詠んでいる人である。勿論、季節の折々には、各地に旅にも出かける。機会があれば、上京し、都会の喧騒にも身をさらす。しかし、詠まれている作品には、一貫して岩田さんの匂いがしてならない。その匂いというのは、北陸の古都、金沢の匂いである。匂いという言葉が適切でなければ、個性と言ってもよい。この個性が歌集一巻を貫いているのだ。

古九谷の壺のくらやみ吸ひあげて芍薬の白ふんはり咲(ひら)く
木下闇ぬけ来て蝶のひとひらがゆつくり昼の光に溶くる

ゆったりとしたリズムは、歌を味わい深いものとしているばかりか、読む者の心までも、和ませてくれる。一首目は、芍薬の花がふんわりと咲く、という情景を捉えた歌であるが、「咲(ひら)く」という結句に至るまでに、かなりの工夫がされている。それは、歌の組立て方にある。独特の感受性が見られる。古九谷の壺の暗闇を吸い上げる。そのことによって、芍薬がふんわりと咲く。この関係は、なんの必然性もない。必然性のないところに歌を生み出すときの妙味を、知りつくしているのだ。「ふんはり」という言葉も、花の開く状況を的確に捉えている。

二首目は、木の下の闇を抜けて来た蝶が、昼の光に溶けるというのである。昼の光に溶けるとは、いったいどういう状況なのか。溶けるというのだから、形の有るものが、溶けて無くなるというのだろう。一首の醸しだすゆったりとした時間の経過のなかで、自分自身を取り戻していく時の、心の内側の見えてくるような歌である。

葉の闇にかくす深紅の房いくつ錘となして珊瑚樹は立つ
みづ雪のしたたる窓の昏れてゆき雛の面(おもて)に血のいろのぼる
すこしづつ溜めたる鬱を繁らせて椎の大樹はゆふべそよがず

従来の歌という観念を越えて、詩的な世界を構築している作品。歌で何を表現するかというときに、単なる日常の些事を述べるのではなく、歌を通して自身の人生を述べているような気がしてならない。というのは、一首一首に工夫がされているからである。その工夫はさりげなく行われていながら、強い印象を与えるのは、発想の面白さにもある。

例えば一首目の作品。珊瑚樹の朱の色をした房の実を、錘として樹が立っていると言う。単純に考えれば、樹は立っているのに錘などは必要とはしない。錘を必要としているのは、樹ではなく、岩田さん自身なのだと、わたしは考えたい。二首目の、「雛の面（おもて）に血のいろのぼる」は、詩的な情景として一首を構成している。三首目の歌には、一首目の歌と相通じるものがある。「溜めたる鬱を繁らせて」は、言葉としては相当の飛躍がある。しかしながら、下句を動かしがたい現実を描写することによって、少しの違和感をも感じさせない。

これらの歌を見ただけでも、作品は、読みの深さを要求される。読者が迫らなければ、何も応えてはくれない。しかし、詮索をすればするほど、一首に内包されている深淵な世界が見えてくる。

曇天を突きあげ朝の噴水が苑の緑をあざやかにする

朝の水脈（みを）ひきつつすすむ舟ひとつ水平線の雲にわけ入る

降りしきる落葉ふうはり被りゐつ置き去りにされし赤き自転車

街路樹のはだら陽うけてからつぽの回送バスがゆるゆると過ぐ

今まで抱いていた岩田作品のイメージは、どちらかというと、写実詠より心象詠に心に残る作品が多かった。ところが、『冬茜』には、情景が鮮明に見えて来る作品が数多く収められている。しかも、自然体。所謂、言葉に頼るのではなく、感性を働かせて詠まれているので、抵抗なく受けとめることができる。

抽出作品を見ても、これといった技巧を駆使しているわけではない。かといって、平板かというと、そうでもない。無技巧の技巧などという言い方もあるが、それとも違う。岩田さんが長年育んできた、表現方法のひとつなのだろう。言葉を出来るかぎり抑えることによって、詠われている内容を鮮明にしているのである。三首目、四首目が、その最も良い例ではないだろうか。

軍靴（ぐんくわ）にて踏みし中国をひたに恋ひ晩年の父やさしかりける
この夕べとりわけねむごろに称名をとなふる母に老いちじるし
老い母の愚痴とめどなき雪の夜とろ火で豆の煮つまるを待つ
もの言ひのけぢめあやふくなる母に耐へつつわれもはや若からず
原因を忘るるやうないさかひの数をかさねて母と老いゆく
何ごとも忘るることに徹するか老い母の顔このごろすがし

肉親を詠んだ作品が、何首か収められている。父を母を詠うときに、切っても切れない親と子の心温まる感情の交歓が、どの作品にも滲みでている。母と共に暮らす日々は、楽しいことばかりではない。むしろ、年老いている母が、重荷になる時もあるに違いない。

「老い母の愚痴」、「もの言ひのけぢめあやふくなる母」、「原因を忘るるやうないさかひの」といった、母に対しての直截なことばは、母に対して距離をおいているのではない。血の繋がりを切ることのできない母への、愛情の表現として受けとめられる。実に素直に母への思いが述べられている。

浴槽の気泡は叩く五体より悔をくまなく落せといふか
思春期すぎ熟年期すぎいまもなほ羽化を待ちゐてそよぐ心か
幸せでも不幸でもない空虚感　黄なるレモン

を卓にころがす
雪の夜は水仙の香にねむりゆく子なく財なく
若くもなくて

一首目と二首目は、「か」で結句を止めている。どちらかというと「か」で止めた場合、自己主張が強くなり、歌の深みが失われる。しかし、「か」に託した気持ちは、生へのこだわりは年齢などではなくて、一日一日を誠実に生きようとする姿勢なのだ、という信念が表白されている。

「幸せでも不幸でもない空虚感」とどのように対処してゆくのか。「子なく財なく若くもなくて」と詠い切った後の虚ろな心を、どう癒してゆくのか。

岩田さんの歌は、これから正念場にさしかかるのではないかと、思っている。『冬茜』刊行までに要した歳月が、更に深化した作品を生みだしてくれることを期待して、北陸の雪の匂いのする歌集を閉じることにする。

（「白珠」一九九九年四月号）

干菜から鬼百合へ

――歌集『冬の鳥』

山形裕子

著者は、老年期に入った自身の作歌活動の軸を「年齢をかさねるほどに判断力が鈍くなり逆に心に溢れるものが多くなってきて、これを調整する作業」（「あとがき」より）と置いている。簡単そうだが難解である。老年の深みに進むにつれ心に溢れるものの量の日々少くなってゆく自分を実感しているからである。著者はそれを持つという。作品からその溢れるものの実体に出遇いたいと切に願った。

かくり世の人の気配か木の下のしようまの花
穂かすかにうごく
つぎつぎと野に生まれたる蜻蛉（せいれい）の翅さざなみ
となりて彼岸へ
あきらかに身のおとろへを知る夜を干菜浮か

べし湯につかりゐる

旨い歌だと思う。ここには、たくみな表現力による繊麗な、完成度の高い言葉の世界が現出されていて、読む者を感心させる力があると思った。しかしこの世界は淋しい。

歌の中程に母上の死を伝える数首があり、そのすぐ後に突然次の一首の出現がある。

古稀過ぐればどうなと生きよといふごとく迦(か)
陵頻伽(りょうびんが)の雲なびきをり

このあたりからである。作品が動き出し、めざましい変容をみせ始めるのは。

掌(て)の上に冷えて重たき柿の朱(あけ)みのりは過ぎし
時間を包む

著者は古稀の自分自身の中に溜めこんだエネルギーに目覚めたのである。それは厖大な量の経験や体験といえるかも知れない。その上に生まれた覚悟も加わるかも知れない。

ちさきこと言ふなと一喝さつさうと富士を呑
みこむ北斎の波

社交上の握手とはいへ思ひがけず壮年の男(を)の
ちから伝わる

死の方向に向いていた作者の心が、いきなり生の方向に向かったような驚きを感じると共に、何と面白い、何と楽しいという気持にさせられてしまう。

鬼百合とふおのが名にふとこだはれる一茎ま
ひるの土に影捺す

「鬼百合」に作者の投影をみてしまう私だが、作者は自分自身、つつましく抑制がちに生きてきた人だったのかも知れない。古稀過ぎての心に溢れ出したものに、気恥かしさを感じるときがあるのかも知れない。そんなものいらないではありませんかと私は言いたい。これだけの技術を持ち、心に溢れるものを持つ歌人は鬼に金棒（おっと鬼百合に）。私自身、古稀を過ぎた。どこまでゆけるのか、著者のめざましい変容の後を追いたいと思う。

（「梧葉」二〇〇七年四月春号）

老いもはなやぐ

——歌集『日月の譜』

喜多昭夫

『日月の譜』は岩田記未子の第七歌集『冬の鳥』（H19）以降の三百八十首を収める。

暁（あけ）の水まつすぐ吸ひてひそやかに立つ水仙の馥（かをり）するどし

雪かづく枝をゆすぶりひと呼吸　朝のしろたへ蹴散らして翔（た）つ

鶲らをまれびとと招（よ）びし師のことば光のやうにふとよみがへる

花芽いまだ固き桜の大幹に打ちつける名残の雪のたかぶり

眠れざりしけさの褉は繊切りの甘藍（きやべつ）にたつぷり柚子どれつしんぐ

巻頭の「一灯」より。感性の冴えを感じさせる歌のかずかず。暁の水を吸って、馥郁たる香りを放つ水仙。雪の積もった枝を揺らして、さっと飛びたつ鵯。二首目ではわざと主語を省略し、三首目でその正体を明らかにして、構成も見事である。鵯を「まれびと」と呼んで親しんだ師との交流がなつかしく語られる。四首目、深くゆったりとした気息の感じられる歌である。対象に真向かう気力が充実しているのであろう。「雪のたかぶり」は作者の思いの高ぶりでもあろう。威風堂々としており、この種の歌はやはり気持ちよく読むことができる。五首目、朝食の光景。キャベツの繊切りに柚子ドレッシングをかける。ただそれだけのことであるが、それを「眠れざりしけさの禊」と捉える感性はやはり並ではない。「禊」とは〝罪やけがれをはらうために、川などの水を浴びて身を清めること〟をいう。不眠の邪気を食欲によって追い払おうというのだろう。若々しい健やかさが読者を魅了してやまない。「甘藍（きゃべつ）」「柚子どれつしんぐ」の表記の妙も見逃すわけにはいかない。

作者は一九二八年生まれ。その年齢を思う時、渋みのある老境を想像していたが、歌集に展開されていたのは生気ある華やぎの世界であった。そのことにまず、私は驚嘆したのである。しかし、よくよく考えてみればそれは珍しいことではない。齊藤史も森岡貞香も、その老いの歌は独自の華やぎに満ちていたではないか。すぐれた表現者は、やはり簡単に老いるものではない。好奇心が表現欲が奮いたたせるのであろう。岩田記未子の手にかかれば、ありふれた身めぐりも俄然、生彩を放つ。

涼しげに身を装ふとて胸に飾る水晶の連（れん）　鎖
骨に重し

くらき天を弧に截りながらわたりゆく夜間飛
行の赤く小さき灯（ち）

歓声も拍手も過去のまぼろしか火照（ほて）り残れる
スタンドの椅子

これらの歌が大変生き生きとしたものとして感じ

られるのはなぜだろう。それは「鎖骨に重し」「弧に截りながら」「火照(ほて)り残れる」という対象把握が奏功しているためである。触覚や視覚を十分に活かして、イメージを立ちあげている。三首目、「歓声も拍手も過去のまぼろしか」は、やや通俗的なきらいはあるものの、「スタンドの椅子」をうまく演出しているといえる。

青天に噴きこぼれゐる雲の泡なにごともなき五月の午後に

青ふかき空に吸はるる鳥影と春一番を待つ裸木と

青空を背景にして、印象深い風景が切り取られている。「噴きこぼれゐる雲の泡」「空に吸はるる鳥影」——ともにデッサン力の確かさを伝えてあまりある。景を写しながらも、一首目は「なにごともなき」自身の心を、二首目は「春一番を待つ」気持ちを表出している。短歌とはつまるところ、情と景。そのバランスをどのように調和させるかにかかっているといっても過言ではあるまい。その点を見事にクリアしている点はさすがである。やはり永年にわたる歌業の修練の賜物であるにちがいない。

老いの歌も、なかなかの味わいがある。

二十本残すべしとぞ自前の歯おぼつかなくて少し溜息

脳の指令おそくなれるをなげくより鳥のこゑ降る空あふぐべし

降圧剤に親しみて四年　生きのぶる手段(てだて)をつくし何成すならむ

細かきこと得意となしし指先がこのごろ意のままに動かずなりぬ

順調に老化してると言はれけり八手の花は白くけぶれる

脳の指令が遅くなるのは仕方がないこと。嘆いてみてもはじまらない。頭や体が老いることは悲しいことであるにちがいないが、作者はあるがままを肯定的に受けとめようとしている。まさに自然体である。五首目には、思わず笑ってしまった。医者から「順調に老化してる」と言われたのだという。ユーモアの感じられる歌である。

起伏なきわが一生(ひとよ)かなつねに少し何か足らね
どよしとして経つ
老いゆく日日その一日がまた暮れて食器洗ひ
あげエプロン外す
前歯欠け体ぢゅうむなしき雪の午後　表紙あ
かるき歌集が届く

人生を振り返っての感慨。起伏がなかったわけではあるまい。何かが足りなかったような気がするが、それを「よし」とするのだ。「体ぢゅうむなしき」に本音が籠もる。それでも歌集が届けば、気持ちが明るくなる。岩田記未子の歌の数々に、筆者は元気をいただいた。

みやびなる花びらもちの薄紅を懐紙にうけて
老いもはなやぐ

（「白珠」二〇一三年一〇月号）

歌集『日月の譜』を読んで

久泉迪雄

このたび刊行された岩田記未子氏の歌集は『日月の譜』、第七歌集である。収録の作品は、

暁(あけ)の水まつすぐ吸ひてひそやかに立つ水仙の馥(かをり)するどし

雪かづく枝をゆすぶりひと呼吸　朝のしろたへ蹴散らして翔(た)つ

を巻頭に、三八〇首を収めてある。ひるがえって前著第六歌集『冬の鳥』（平成十九年）は、

白泥(はくでい)の北ぐにの空かがりゐる落葉樹林の細き枝々

天のこゑあらあらしけれ夜の闇に閃光走り鰤起し来る

を巻頭にした収録三八二首であった。あわせて、岩田氏の既刊の歌集のタイトルを挙げるとすれば、『雪の炎』『冬の梢』『白の宴』『冬茜』『冬の鳥』であり、いずれも〈冬〉のイメージということになる。氏の七冊の既刊歌集の書名のうち、ただ一冊だけが『さくらばな』で、かろうじて〈春〉を掲げての登場ということになる。とすれば、このたびの歌集のタイトルを『日月の譜』とされた背後には、何があるのであろうか。

第六歌集『冬の鳥』のあとがきで著者は「北陸に住む者にとって冬の時間の嵩が大きく、よきにつけ悪しきにつけ切り離せぬ気持となります。」と書いておいでだが、このたびの第七歌集のあとがきでは、多くの知友の死去と令弟の逝去を述べ、また東日本大震災という大事をあげて、「何事も無い平穏な日々がどんなにありがたいものか、つくづくと思い知りました」と綴り、そういう心理が『日月の譜』という

歌集のタイトルを成さしめたことを書いておいでになる。

あえて歌集のタイトルに触れて、このようなことを書いたのは、著者の作歌志向の本質は、一貫して変わらず、北国的抒情の質であり、また時代を見据えての営為であることをまずは指摘したいと思ったからである。第六歌集から第七歌集にかけて、岩田記未子氏の歌人としての営為は一層純度を高めつつ、日常に取材しながら、ことごとく日常を止揚して、個性的な表現を生み出しておいでになることを、深い感動をもって読み進んだのである。

紅梅は少しおくれて咲くならむ濃きくれなゐを固くつぐむも

青絹の天に花火となりぬべし千つぶの莟はじく紅梅

音にならぬ春のどよめき動きゐる丘の桜の霞めるあたり

木に添ひて怨ずるやうによぢりゆき凌宵花は虚空をつかむ

対象として作者の見ている自然は自然として申し分ないが、それを単なる情景として描写するのではなく、深く〈生〉の実証として見つめる、ともいうべき表現の眼が、これらの作品から感じることができる。そして、

椨(たぶ)の杜の奥なる常世へいざなふや高き梢がさやさやと鳴る

鳴神の鎮まりたればやはやはと雪が降(お)りくる金沢の空

過去も未来もどうでもよいか雀子が二羽塀に来てひよいひよいと跳ぶ

地に落ちし白玉椿ふくよかなしろたへしばし艶うしなはず

と、凡庸な目では見過ごしてしまうような日常への気配りに接すると、まずはものの機微に反応する作

者の詩的感性に教えられるのである。そしてまた、

聞き流すことの出来ないおろかさに湯呑みの茶渋きしきし洗ふ

虎のやうに咆哮したきときありて寒の清水に顔を浸すも

などの作品に見せる、果敢ともいえる自意識の表白に緊張するとともに、

シーベルトなどと言へる単語おぼえ媼かなしむ原発事故を

さめざめと梅雨が視界を閉ざしゐる海にとびこみくるやミサイル

映さるる瓦礫のなかに倒れ伏すそめゐよしのが花芽つけをり

と歌う現実直視の告発的姿勢もしかと歌い、そしてそういう告発的叙情の背景には、

闘争の叫びはるかなり内灘に浜ひるがほは薄紅ひらく

筵旗かかげし浜に時は流れ小判草鳴るゆふはまかぜに

ビルとビルのあはひ耕す翁あり戦後の長き歳月を負ふ

とも歌う戦後世代の実体験と、時代をみつめる批評の姿勢がしかと歌い留められていることに、同じ時代を生きて見つめてきた筆者は、大いに共感を覚えるのである。

遠き世のこゑがきこゆる冬の夜は治部煮のわさび舌にひびくも

夏負けにじろあめがよし鼈甲色の光(つや)をくるくる箸に巻きあぐ

哲久と文夫に従きて訪れし鴨池に冬のひかりおだしも

と歌う、石川の風土に密着した抒情も忘れがたく、あわせて

しののめを染むる朝焼け年古りしこの身おも
むろに火照りゆくはや

と、年齢を超えてなお気負い立つ文人の志にいたく共感を覚えつつ、歌集『日月の譜』のページを繙いている。詩的真実に満ちあふれた個性あふれる一冊に、畏敬の思いしきりである。

（「ゆきごろも」29号、二〇一三年）

岩田記未子歌集　　現代短歌文庫第136回配本

2018年4月5日　初版発行

著　者　岩田記未子
発行者　田村雅之
発行所　砂子屋書房
〒101-0047 東京都千代田区内神田3-4-7
電話　03−3256−4708
Fax　03−3256−4707
振替　00130−2−97631
http://www.sunagoya.com

装本・三嶋典東　　落丁本・乱丁本はお取替いたします

現代短歌文庫

（　）は解説文の筆者

①三枝浩樹歌集
『朝の歌』全篇

②佐藤通雅歌集（細井剛）
『薄明の谷』全篇

③高野公彦歌集（河野裕子・坂井修一）
『汽水の光』全篇

④三枝昻之歌集（山中智恵子・小高賢）
『水の覇権』全篇

⑤阿木津英歌集（笠原伸夫・岡井隆）
『紫木蓮まで・風舌』全篇

⑥伊藤一彦歌集（塚本邦雄・岩田正）
『瞑鳥記』全篇

⑦小池光歌集（大辻隆弘・川野里子）
『バルサの翼』『廃駅』全篇

⑧石田比呂志歌集（玉城徹・岡井隆他）
『無用の歌』全篇

⑨永田和宏歌集（高安国世・吉川宏志）
『メビウスの地平』全篇

⑩河野裕子歌集（馬場あき子・坪内稔典他）
『森のやうに獣のやうに』『ひるがほ』全篇

⑪大島史洋歌集（田中佳宏・岡井隆）
『藍を走るべし』全篇

⑫雨宮雅子歌集（春日井建・田村雅之他）
『悲神』全篇

⑬稲葉京子歌集（松永伍一・水原紫苑）
『ガラスの檻』全篇

⑭時田則雄歌集（大金義昭・大塚陽子）
『北方論』全篇

⑮蒔田さくら子歌集（後藤直二・中地俊夫）
『森見ゆる窓』全篇

⑯大塚陽子歌集（伊藤一彦・菱川善夫）
『遠花火』『酔芙蓉』全篇

⑰百々登美子歌集（桶谷秀昭・原田禹雄）
『盲目木馬』全篇

⑱岡井隆歌集（加藤治郎・山田富士郎他）
『鵞卵亭』『人生の視える場所』全篇

⑲玉井清弘歌集（小高賢）
『久露』全篇

⑳小高賢歌集（馬場あき子・日高堯子他）
『耳の伝説』『家長』全篇

㉑佐竹彌生歌集（安永蕗子・馬場あき子他）
『天の螢』全篇

㉒太田一郎歌集（いいだもも・佐伯裕子他）
『墳』『蝕』『獵』全篇

現代短歌文庫

（　）は解説文の筆者

㉓春日真木子歌集（北沢郁子・田井安曇他）
『野菜涅槃図』全篇

㉔道浦母都子歌集（大原富枝・岡井隆）
『無援の抒情』『水憂』『ゆうすげ』全篇

㉕山中智恵子歌集（吉本隆明・塚本邦雄他）
『夢之記』全篇

㉖久々湊盈子歌集（小島ゆかり・樋口覚他）
『黒鍵』全篇

㉗藤原龍一郎歌集（小池光・三枝昻之他）
『夢みる頃を過ぎても』『東京哀傷歌』全篇

㉘花山多佳子歌集（永田和宏・小池光他）
『樹の下の椅子』『楕円の実』全篇

㉙佐伯裕子歌集（阿木津英・三枝昻之他）
『未完の手紙』全篇

㉚島田修三歌集（筒井康隆・塚本邦雄他）
『晴朗悲歌集』全篇

㉛河野愛子歌集（近藤芳美・中川佐和子他）
『黒羅』『夜は流れる』『光ある中に』（抄）他

㉜松坂弘歌集（塚本邦雄・由良琢郎他）
『春の雷鳴』全篇

㉝日高堯子歌集（佐伯裕子・玉井清弘他）
『野の扉』全篇

㉞沖ななも歌集（山下雅人・玉城徹他）
『衣裳哲学』『機知の足首』全篇

㉟続・小池光歌集（河野美砂子・小澤正邦）
『日々の思い出』『草の庭』全篇

㊱続・伊藤一彦歌集（築地正子・渡辺松男）
『青の風土記』『海号の歌』全篇

㊲北沢郁子歌集（森山晴美・富小路禎子）
『その人を知らず』を含む十五歌集抄

㊳栗木京子歌集（馬場あき子・永田和宏他）
『水惑星』『中庭』全篇

㊴外塚喬歌集（吉野昌夫・今井恵子他）
『喬木』全篇

㊵今野寿美歌集（藤井貞和・久々湊盈子他）
『世紀末の桃』全篇

㊶来嶋靖生歌集（篠弘・志垣澄幸他）
『笛』『雷』全篇

㊷三井修歌集（池田はるみ・沢口芙美他）
『砂の詩学』全篇

㊸田井安曇歌集（清水房雄・村永大和他）
『木や旗や魚らの夜に歌った歌』全篇

㊹森山晴美歌集（島田修二・水野昌雄他）
『グレコの唄』全篇

現代短歌文庫

（　）は解説文の筆者

現代短歌文庫

（　）は解説文の筆者

67 今井恵子歌集（佐伯裕子・内藤明他）
『分散和音』全篇

68 続・時田則雄歌集（栗木京子・大金義昭）
『夢のつづき』『ペルシュロン』全篇

69 辺見じゅん歌集（馬場あき子・飯田龍太他）
『水祭りの桟橋』『闇の祝祭』全篇

70 続・河野裕子歌集
『家』全篇、『体力』『歩く』抄

71 続・石田比呂志歌集
『孑孑』『忘八』『涙壺』『老猿』『春灯』抄

72 志垣澄幸歌集（佐藤通雅・佐佐木幸綱）
『空壜のある風景』全篇

73 古谷智子歌集（来嶋靖生・小高賢他）
『神の痛みの神学のオブリガード』全篇

74 大河原惇行歌集（田井安曇・玉城徹他）
未刊歌集『昼の花火』全篇

75 前川緑歌集（保田與重郎）
『みどり抄』全篇、『麥穂』抄

76 小柳素子歌集（来嶋靖生・小高賢他）
『獅子の眼』全篇

77 浜名理香歌集（小池光・河野裕子）
『月兎』全篇

78 五所美子歌集（北尾勲・島田幸典他）
『天姥』全篇

79 沢口芙美歌集（武川忠一・鈴木竹志他）
『フェベ』全篇

80 中川佐和子歌集（内藤明・藤原龍一郎他）
『海に向く椅子』全篇

81 斎藤すみ子歌集（菱川善夫・今野寿美他）
『遊楽』全篇

82 長澤ちづ歌集（大島史洋・須藤若江他）
『海の角笛』全篇

83 池本一郎歌集（森山晴美・花山多佳子）
『未明の翼』全篇

84 小林幸子歌集（小中英之・小池光他）
『枇杷のひかり』全篇

85 佐波洋子歌集（馬場あき子・小池光他）
『光をわけて』全篇

86 続・三枝浩樹歌集（雨宮雅子・里見佳保他）
『みどりの揺籃』『歩行者』全篇

87 続・久々湊盈子歌集（小林幸子・吉川宏志他）
『あらばしり』『鬼龍子』全篇

88 千々和久幸歌集（山本哲也・後藤直二他）
『火時計』全篇

現代短歌文庫

（　）は解説文の筆者

⑧⑨田村広志歌集（渡辺幸一・前登志夫他）
『島山』全篇
⑨⓪入野早代子歌集（春日井建・栗木京子他）
『花凪』全篇
⑨①米川千嘉子歌集（日高堯子・川野里子他）
『夏空の櫂』『一夏』全篇
⑨②続・米川千嘉子歌集（栗木京子・馬場あき子他）
『たましひに着る服なくて』『一葉の井戸』全篇
⑨③桑原正紀歌集（吉川宏志・木畑紀子他）
『妻へ。千年待たむ』全篇
⑨④稲葉峯子歌集（岡井隆・美濃和哥他）
『杉並まで』全篇
⑨⑤松平修文歌集（小池光・加藤英彦他）
『水村』全篇
⑨⑥米口實歌集（大辻隆弘・中津昌子他）
『ソシュールの春』全篇
⑨⑦落合けい子歌集（栗木京子・香川ヒサ他）
『じゃがいもの歌』全篇
⑨⑧上村典子歌集（武川忠一・小池光他）
『草上のカヌー』全篇
⑨⑨三井ゆき歌集（山田富士郎・遠山景一他）
『能登往還』全篇
⑩⓪佐佐木幸綱歌集（伊藤一彦・谷岡亜紀他）
『アニマ』全篇
⑩①西村美佐子歌集（坂野信彦・黒瀬珂瀾他）
『猫の舌』全篇
⑩②綾部光芳歌集（小池光・大西民子他）
『水晶の馬』『希望園』全篇
⑩③金子貞雄歌集（津川洋三・大河原惇行他）
『邑城の歌が聞こえる』全篇
⑩④続・藤原龍一郎歌集（栗木京子・香川ヒサ他）
『嘆きの花園』『19××』全篇
⑩⑤遠役らく子歌集（中野菊夫・水野昌雄他）
『白馬』全篇
⑩⑥小黒世茂歌集（山中智恵子・古橋信孝他）
『猿女』全篇
⑩⑦光本恵子歌集（疋田和男・水野昌雄）
『薄氷』全篇
⑩⑧雁部貞夫歌集（堺桜子・本多稜）
『崑崙行』抄
⑩⑨中根誠歌集（来嶋靖生・大島史洋雄他）
『境界』全篇
⑪⓪小島ゆかり歌集（山下雅人・坂井修一他）
『希望』全篇

現代短歌文庫

（　）は解説文の筆者

111 木村雅子歌集（来嶋靖生・小島ゆかり他）
『星のかけら』全篇

112 藤井常世歌集（菱川善夫・森山晴美他）
『氷の貌』全篇

113 続々・河野裕子歌集
『季の栞』『庭』全篇

114 大野道夫歌集（佐佐木幸綱・田中綾他）
『春吾秋蟬』全篇

115 池田はるみ歌集（岡井隆・林和清他）
『妣が国大阪』全篇

116 続・三井修歌集（中津昌子・柳宣宏他）
『風紋の島』全篇

117 王紅花歌集（福島泰樹・加藤英彦他）
『夏暦』全篇

118 春日いづみ歌集（三枝昂之・栗木京子他）
『アダムの肌色』全篇

119 桜井登世子歌集（小高賢・小池光他）
『夏の落葉』全篇

120 小見山輝歌集（山田富士郎・渡辺護他）
『春傷歌』全篇

121 源陽子歌集（小池光・黒木三千代他）
『透過光線』全篇

122 中野昭子歌集（花山多佳子・香川ヒサ他）
『草の海』全篇

123 有沢螢歌集（小池光・斉藤斎藤他）
『ありすの杜へ』全篇

124 森岡貞香歌集
『白蛾』『珊瑚數珠』『百乳文』全篇

125 桜川冴子歌集（小島ゆかり・栗木京子他）
『月人壮子』全篇

126 柴田典昭歌集（小笠原和幸・井野佐登他）
『樹下逍遙』全篇

127 続・森岡貞香歌集
『黛樹』『夏至』『敷妙』全篇

128 角倉羊子歌集（小池光・小島ゆかり）
『テレマンの笛』全篇

129 前川佐重郎歌集（喜多弘樹・松平修文他）
『彗星紀』全篇

130 続・坂井修一歌集（栗木京子・内藤明他）
『ラビュリントスの日々』『ジャックの種子』全篇

131 新選・小池光歌集
『静物』『山鳩集』全篇

132 尾崎まゆみ歌集（馬場あき子・岡井隆他）
『微熱海域』『真珠鎖骨』全篇

現代短歌文庫

（　）は解説文の筆者

⑬③続々・花山多佳子歌集（小池光・澤村斉美）
『春疾風』『木香薔薇』全篇

⑬④続・春日真木子歌集（渡辺松男・三枝昂之他）
『水の夢』全篇

⑬⑤吉川宏志歌集（小池光・永田和宏他）
『夜光』『海雨』全篇

（以下続刊）

水原紫苑歌集　　篠弘歌集
馬場あき子歌集　　黒木三千代歌集
石井辰彦歌集